LE JEUNE HOMME QUI VOULAIT SAVOIR SI LE PARADIS EXISTAIT

Du même auteur :

Essais

Conte d'un psychiatre ordinaire, Odile Jacob, 1993.
Avec Christophe André :
Comment gérer les personnalités difficiles, Odile Jacob, 1996.
L'estime de soi, Odile Jacob, 1998.
La force des émotions, Odile Jacob, 2001.

Romans et contes

Liberté pour les insensés, Odile Jacob, 2000.
Le voyage d'Hector ou le secret du bonheur, Odile Jacob, 2004.
Ulik au pays du désordre amoureux, Oh ! Éditions, 2003.
Le nouveau voyage d'Hector, Odile Jacob, 2006.
Petit Hector apprend la vie, Odile Jacob, 2010.
La petite marchande de souvenirs, éditions Lattès, 2013.

www.editions-jclattes.fr

François Lelord

LE JEUNE HOMME QUI VOULAIT SAVOIR SI LE PARADIS EXISTAIT

Roman

JC Lattès

ISBN : 978-2-7096-5864-5

Maquette de couverture : Atelier Didier Thimonier

Première édition octobre 2016.

pour G.L.

« On croit qu'on va faire un voyage,
mais bientôt c'est le voyage qui vous fait,
ou vous défait. »

Nicolas Bouvier

Arrivé à son quatrième semestre d'internat en médecine, Antoine commença à douter de sa vocation. « Suis-je vraiment fait pour devenir médecin ? » se demandait-il parfois après une longue journée passée à l'hôpital.

Il était le seul à en douter. Ses patrons le considéraient comme un bon interne, ses collègues l'appréciaient, et les malades étaient contents de le voir arriver près de leur lit, il inspirait confiance.

Mais allait-il vraiment passer le reste de sa vie en compagnie de la souffrance humaine et à tenter de la soulager ?

— Ne t'inquiète pas, lui dit un camarade interne à qui Antoine faisait part de ses doutes. Si un jour tu en as assez des malades, tu pourras toujours trouver une spécialité où on ne les voit que passer, comme la radiologie par exemple, ou alors devenir un bureaucrate de la santé, et pourquoi pas un poste à l'OMS, il y a de beaux voyages et pas d'impôts ! ajouta cet ami qui visait en effet ce genre de carrière.

Mais Antoine ne se sentait aucune inclination pour la vie de bureau, et même s'il avait maintenant des doutes, soigner et parfois guérir était ce qui l'avait attiré vers la médecine.

— Antoine, je crois juste que tu en as un peu trop fait, lui dit un autre collègue.

Antoine avait en effet aligné une suite de stages assez exigeants, dont deux semestres en réanimation médicale, spécialité où l'on dort peu et où on ne parvient pas toujours à tirer ses patients d'affaire, et cela sous les ordres d'un patron tyrannique qui faisait pleurer les infirmières.

— Fais attention, c'est peut-être un début de *burn-out*. Tu devrais te reposer un peu…

Alors, afin de reprendre un peu son souffle, Antoine décida d'accomplir son prochain stage en psychiatrie.

Il n'avait nulle envie de devenir psychiatre – la psychiatrie lui paraissait une spécialité un peu fumeuse – mais il estimait qu'un stage dans cette discipline serait toujours utile pour sa formation : s'il continuait une carrière de soignant, cela l'aiderait à mieux comprendre ses patients.

Ce jour-là, qui coïncidait avec son vingt-cinquième anniversaire, Antoine écoutait un patient nommé Norbert, un géant, dans un des petits bureaux réservés aux consultations.

— Docteur, vous vous inquiétez pour moi, mais c'est pour vous que vous devriez vous inquiéter, affirma Norbert d'un air sombre.

— Vraiment ? Mais pourquoi devrais-je m'inquiéter ?

— Parce qu'arrive bientôt le jour où le temps finit et où l'éternité commence ! tonna Norbert comme s'il s'indignait qu'Antoine n'ait pas saisi cette évidence. Il ne restera pas ici pierre sur pierre… Et montera de la mer une bête avec sept têtes et dix cornes !

Norbert aurait-il oublié de prendre son traitement ?

Bien qu'il eût à peine dépassé la trentaine, une succession de psychiatres s'étaient déjà occupés de lui, et avaient rempli un épais classeur de leurs notes – parfois peu lisibles. Antoine avait vu que ses prédécesseurs plus expérimentés s'étaient efforcés d'être précis sur le genre de délire dont souffrait Norbert – paranoïaque ? paranoïde ? interprétatif ? hallucinatoire ? et bien d'autres qualificatifs. Au fil des années, ils avaient laissé dans son dossier des avis différents car, comme la météo, le délire de Norbert avait varié, cependant que son humeur restait sombre. Nuageuse avec orages fréquents, avait pensé Antoine à leur troisième rencontre.

— Michel et ses anges combattent le dragon, le dragon finira précipité sur la terre ! rugit-il, comme pour mieux convaincre Antoine que ce formidable combat était imminent.

Norbert avait été confié enfant à un orphelinat catholique. Il connaissait donc parfaitement les Écritures. Il n'avait guère connu ses parents, eux-mêmes souffrant de troubles mentaux.

Avec ce nouveau délire, la consultation avait un enjeu pour Antoine : il ne s'agissait pas seulement d'avoir un dialogue apaisant avec Norbert, mais aussi de décider s'il était assez calme pour être laissé libre de repartir après la consultation. Ou au contraire lui proposer de rester hospitalisé, interné en fait, dans la partie du service toujours fermée à clé. Retenir Norbert risquait d'être difficile. Il faudrait appeler des infirmiers en renfort.

Antoine voulut se convaincre que Norbert n'avait pas besoin d'être interné : il continuait de délirer, mais pas plus intensément que d'habitude. Et surtout, il n'oubliait pas où il se trouvait et face à qui : en consultation avec le nouvel interne de psychiatrie. Grâce à un bon dosage de médicaments, et aux mauvais souvenirs de ses internements précédents, Norbert avait arrêté depuis quelques années de clamer à tue-tête qu'il avait été choisi par Dieu pour délivrer Jérusalem et parfois même reprendre Constantinople. Tant qu'il prenait son traitement, Norbert ne parlait de ses idées qu'au psychiatre qui le suivait, aux infirmières du service qui lui donnaient son traitement pour la semaine, et au curé de sa paroisse qui le connaissait bien.

Mais si on se fiait à son dossier, c'était la première fois que Norbert annonçait que le monde allait disparaître, que le Jugement dernier était imminent, et que les justes se retrouveraient tous au Paradis.

— Le Paradis, je le vois, je le sens ! dit Norbert d'un air soudain apaisé. Et le loup habitera avec l'agneau, et la panthère se couchera avec le chevreau…

N'aurait-il pas fallu augmenter le traitement de Norbert ? Depuis qu'il était interne en psychiatrie, Antoine avait remarqué que c'était un réflexe fréquent des psychiatres quand ils avaient des doutes sur l'état d'un patient.

— Vous avez la foi ? demanda soudain Norbert d'un air inquisiteur en regardant fixement Antoine.

Antoine était surpris. C'était la première fois qu'un patient lui posait une question aussi personnelle.

Antoine connaissait le genre de réponse recommandée dans les manuels qui conseillent de ne pas révéler d'informations trop personnelles à ses patients :

— Je préfère qu'on parle de vous pendant cette consultation.

Mais ce jour-là, peut-être parce qu'encore débutant, il n'avait pas complètement endossé son rôle de médecin, il eut un réflexe de sincérité :

— J'ai été baptisé, dit-il.

Cela ne répondait pas exactement à la question de Norbert, mais parut lui convenir.

— Dieu vous bénisse ! s'écria-t-il, vous êtes dans l'Église, vous serez sauvé ! Demain l'Agneau de Dieu vous conduira aux sources des eaux de la vie…

« Demain, demain, j'espère quand même pas si tôt », se dit plus tard Antoine en souriant.

Il avait dit la vérité à Norbert : il avait été baptisé. Enfant, il avait été au catéchisme, et tous les dimanches il allait à la messe avec son père (sa mère préférait rester lire à la maison). Un jour, encore petit garçon, il avait dit à sa mère :

— Papa dit que Dieu nous aime.

Sa mère l'avait regardé, et puis elle avait répondu :

— Ton papa a sûrement raison.

Mais peu à peu, en grandissant, Antoine s'était senti de moins en moins croyant, et, par une conséquence naturelle, s'était posé de plus en plus de questions sur le sens de la vie.

Il avait beaucoup espéré des cours de philosophie de sa dernière année de lycée. Enfin, il allait trouver des réponses ! Mais il fut déçu. Il avait découvert qu'au cours des siècles des gens aussi intelligents que les philosophes, non seulement n'étaient pas tombés d'accord sur le sens de la vie, mais avaient pris des positions très différentes sur l'existence de Dieu. Certains étaient absolument convaincus de son existence, d'autres de son inexistence, chacun se justifiant par des raisonnements subtils.

À l'inverse, en science, après quelques controverses, l'accord se faisait toujours sur la meilleure des théories, celle qui permettait au mieux de prévoir les phénomènes, jusqu'à ce qu'une nouvelle, plus performante, vienne la détrôner. Antoine en avait conclu que la méthode scientifique faisait réellement avancer la connaissance, tandis que la philosophie semblait juste une fabrique de théories et d'opinions guère vérifiables.

Il avait été content de découvrir qu'un philosophe aussi impressionnant que Wittgenstein était d'accord avec lui : le génial Ludwig avait classé l'existence de Dieu comme faisant partie de *questions dépourvues de sens*. Selon Wittgenstein, on ne pouvait donner une réponse à la question de l'existence de Dieu en se basant sur l'expérience – au sens d'expérience scientifique – et sur la déduction logique. Or ces deux moyens étaient pour Wittgenstein les seuls capables de faire avancer la connaissance : ils avaient fait leurs preuves pour faire progresser la science, et bien sûr la médecine.

Mais bien qu'Antoine ne se sentait plus vraiment croyant, il n'avait pas l'impression d'être athée non plus : être sûr de la non-existence de Dieu, comme certains de ces camarades marxistes, lui semblait une conviction aussi difficile à prouver que celle de croire à Son Existence. Wittgenstein avait d'ailleurs tenu à avoir un enterrement catholique.

Un jour, lors de son stage en pédiatrie Antoine était entré dans la chambre d'un petit garçon d'à peine un an dont tout le personnel du service savait qu'il ne vivrait pas très longtemps, car il avait une forme rare de leucémie et les traitements étaient devenus peu à peu sans effet.

Sa mère était avec lui, une jeune femme aux longs cheveux et au visage pur. Elle tenait dans ses bras son bébé d'une blancheur immaculée, qui levait les yeux vers elle en touchant de sa petite main la bouche de sa maman. La mère et l'enfant semblaient réunis dans une bulle de paix et d'amour sous la lumière bleutée de la tente à oxygène, et Antoine avait eu l'impression de se trouver devant un tableau venu du ciel en même temps qu'il sentait les larmes lui monter aux yeux. Il avait dû vite ressortir de la chambre comme s'il avait oublié quelque chose, avant de revenir une fois son calme retrouvé.

Mais cette image ne l'avait pas quitté, avec quelques autres qui font partie des souvenirs inoubliables des premières années d'études de médecine.

La question qu'il se posait n'était pas nouvelle : si un Dieu d'amour existait, comme le pensaient ses parents (en tout cas son père), comment pouvait-Il laisser mourir les petits enfants ? Et une autre question qui allait de soi : cette vie était-elle la seule ?

Car si on avait une seconde chance, soit de retrouver Dieu dans la vie éternelle comme l'affirmaient les religions monothéistes, soit de se réincarner comme le laissaient espérer les religions venues d'Orient, cela donnait un autre sens à la vie, à la souffrance et à la disparition des êtres chers.

Il avait essayé d'aborder le sujet avec ses camarades internes.

Avec eux, il partageait une expérience commune : ils étaient jeunes, mais depuis qu'ils étudiaient la médecine, ils avaient vu plus de gens mourir que la plupart des jeunes de leur génération. Il y avait parmi eux des croyants, bien sûr, qui lui répondaient pour l'essentiel que cette vie n'était qu'un passage, qu'ils croyaient à la vie éternelle, et que la question du mal était un mystère impossible à résoudre pour une intelligence humaine. Cela revenait à la phrase « Les voix du Seigneur sont impénétrables » qu'Antoine avait déjà entendue au catéchisme.

Antoine les enviait parfois. Les croyants avaient des idées claires sur le sens de la vie. L'important était de suivre les commandements de leur religion, et d'espérer trouver la vie éternelle dans un autre monde. On pouvait certes discuter de questions subsidiaires comme le salut par les œuvres ou par la grâce, mais tous partageaient la vision d'un Dieu qui nous aimait.

Antoine avait lu des études sur le sujet qui montraient qu'en moyenne les gens croyants et pratiquants étaient en meilleure santé, consommaient moins de tranquillisants et de somnifères, et se trouvaient plus heureux dans la vie. Il comprenait pourquoi.

Quant aux autres de ses collègues, ceux qui comme lui n'étaient plus vraiment croyants, Antoine s'aperçut qu'ils n'aimaient guère discuter du sens de la vie ou de l'existence du mal. Ils préféraient se concentrer sur des sujets très concrets, comme le bon dosage d'anticoagulant pour prévenir une phlébite, ou des images apportées par les dernières IRM.

Entre ceux qui croyaient au ciel et ceux qui n'y croyaient pas, Antoine se retrouvait seul à se poser des questions.

Imaginons que Dieu existe.

S'il est Infiniment Bon et Tout-Puissant, et Omniscient (IBTPO) comment peut-il laisser mourir les petits enfants ?

Mais s'il n'était ni bon ni tout-puissant ?

Hypothèse n° 1 : Et si Dieu était infiniment bon, mais pas tout-puissant ?

Il existerait des Forces Mauvaises, qui parfois l'emporteraient et apporteraient le mal et la souffrance.

Antoine espéra qu'évoquer ces Forces Mauvaises dans son petit carnet n'attirerait pas leur attention sur lui.

Hypothèse n° 2 : Et si Dieu était tout-puissant, mais pas infiniment bon ?

Un Dieu qui serait peut-être notre créateur, qui ensuite ne se soucierait guère de nous, comme un parent négligent, ou même parti en voyage ?

si le paradis existait

Comme dans l'*Iliade* se souvenait Antoine, quand Achille va implorer sa mère Thétis de plaider sa cause auprès de Zeus. Celle-ci lui répondait que le Roi des Dieux était injoignable, car parti en voyage chez les Éthiopiens. Il fallait donc attendre son retour sur l'Olympe prévu douze jours plus tard.

La première réunion de la journée était toujours présidée par le chef de service, qui paraissait à Antoine être un vieux monsieur : il avait effectivement plus de soixante ans.

Ce professeur renommé avait beaucoup voyagé dans sa jeunesse, rencontré des psychiatres célèbres du temps où les photos de groupe étaient en noir et blanc, s'était familiarisé avec différentes sortes de thérapies, et soigné des milliers de patients.

Malgré toute cette expérience, il laissait volontiers parler les plus jeunes que lui.

Antoine l'appréciait et comme tout le personnel du service, parlait de lui avec respect comme « le Patron ».

— Alors, les entrées de la semaine ? demanda le Patron.

— Rien d'exceptionnel, répondit Armand qui espérait lui succéder.

Armand était grand. Avec ses lunettes rectangulaires et sa raie sur le côté, il avait l'apparence d'un premier de classe qui a mal vieilli. Il ne souriait presque jamais, mais émettait un petit ricanement après ses propres plaisanteries. Personne ne le trouvait sympathique, mais tous reconnaissaient qu'il était extrêmement compétent pour faire le bon choix et trouver le bon dosage de médicaments. En revanche, il n'aimait pas parler très longtemps avec les malades. Une fois trouvés le diagnostic et le traitement à prescrire, pour lui le cas était réglé, et il retournait dans son bureau lire les derniers articles de recherche sur la biologie du cerveau et sur les médicaments dans des revues scientifiques dont les piles s'élevaient autour de lui comme des barricades.

Des membres de l'équipe appréciaient d'autant moins Armand qu'ils préféraient les thérapies par la parole. Beaucoup espéraient guérir les patients par l'écoute et le dialogue « en leur faisant dire du mal de leurs parents » plaisantait cruellement Armand.

Dans d'autres services, les patients étaient même encouragés à exprimer leur colère enfouie en criant, pleurant et en frappant des coussins. Mais ce genre de thérapie n'était pas admis dans le service du Patron.

Armand pensait que les problèmes des patients pourraient se résoudre en rétablissant un meilleur équilibre chimique dans leur cerveau.

En face de lui se dressait toujours un des jeunes collègues internes d'Antoine : Raphaël.

Avec ses longs cheveux bouclés, ses sandales, son anneau dans l'oreille, Raphaël ressemblait à un chanteur ou à un pâtre grec sans moutons. Il pensait que la folie était causée avant tout par la société et la famille. Il fallait d'ailleurs considérer les délires non comme des symptômes médicaux à faire disparaître à coups de médicaments, mais comme des expériences dont les malades pourraient revenir avec une meilleure vision d'eux-mêmes et du monde si on les accompagnait en les laissant s'exprimer, y compris par le chant ou le dessin.

Mais pour Raphaël la vraie solution à la maladie mentale serait de changer la société, car dans une société fraternelle tout le monde retrouverait un meilleur équilibre. « C'est le système qu'il faut changer ! » affirmait Raphaël qui croyait en la possibilité de faire naître un autre monde, où les gens ordinaires prendraient en charge leur destin, en se libérant du pouvoir des multinationales et des gouvernements qui ne faisaient que les représenter.

En face de lui, Armand arborait presque tous les jours une cravate aux armes d'une fameuse université américaine dans laquelle il avait passé deux années d'études, et il clamait souvent son admiration pour l'Amérique, ses campus magnifiques, ses centres de recherches aux énormes budgets

Raphaël et Armand évitaient de trop se parler, ils avaient vite compris qu'ils ne pourraient jamais s'entendre.

Après trois mois en psychiatrie, Antoine estimait que la vérité se situait entre les points de vue d'Armand et de Raphaël, et encore variait-elle selon les patients : pour certains d'entre eux les médicaments étaient absolument indispensables, pour d'autres une thérapie par la parole pouvait être utile. Il devinait que le Patron partageait ce point de vue : pour la plupart des malades psychiatriques l'association des deux était nécessaire, la parole *et* les médicaments.

— Comment vont nos patients hospitalisés ? interrogea le Patron en se tournant vers les internes.

Antoine se demandait s'il n'avait pas eu tort de laisser repartir Norbert.

— Il se passe quelque chose de bizarre, dit une jeune voix.

C'était celle de la troisième interne du service, Clotilde.

« Un ange gothique », s'était dit Antoine quand il avait aperçu Clotilde pour la première fois au réfectoire des internes, avec l'ovale parfait de son visage et ses longs cheveux blonds. Une seconde plus tard il avait pensé à une nymphe de Botticelli, même si c'était une blouse blanche et non une tunique fleurie qui enveloppait le corps élancé de Clotilde.

Antoine venait de tomber amoureux au premier regard, comme cela arrive lorsqu'on est jeune et très sensible aux apparences. Aussitôt, il avait essayé de garder un air calme et indifférent.

Un jour, il avait réussi à s'asseoir à la même table que Clotilde au déjeuner. La conversation avait porté sur l'euthanasie : avait-on le droit d'abréger la vie de patients qui souffraient trop et n'avaient plus aucune chance de s'en sortir ?

Après avoir écouté les arguments des autres internes, Clotilde s'était mise à parler d'un air décidé, en montrant un raisonnement sans faille en expliquant les différents points de vue – selon l'Église catholique ou la philosophie des Lumières – mais sans donner le sien. Tout cela sans faire attention le moins du monde à Antoine.

Mais la chance lui donnait maintenant l'occasion de rencontrer tous les jours Clotilde, de pouvoir discuter avec elle, et de constater que l'habitude de la voir ne faisait que renforcer son attirance pour elle.

Il était de notoriété publique que plusieurs des internes les plus audacieux avec les filles, et même des médecins plus âgés avaient tenté de draguer Clotilde.

Mais ils n'étaient arrivés à rien avec elle sinon à perdre un peu de leur trop grande confiance en eux. Au fil des mois, Clotilde avait peu à peu acquis la réputation d'une forteresse imprenable. Seuls de nouveaux arrivants s'y essayaient, mais ils étaient vite découragés, bien que de manière gentille, comme le racontaient ceux qui osaient révéler leurs échecs.

Certains avaient conclu que Clotilde avait déjà un amoureux hors du monde médical, d'autres au contraire qu'elle était la maîtresse d'un des chefs de service.

La rumeur avait aussi couru qu'elle préférait les filles, même s'il n'y avait aucun indice en faveur de cette hypothèse.

Antoine espérait qu'il parviendrait peut-être à éclaircir ce mystère.

Il ne se faisait aucune illusion sur sa capacité à la séduire : de plus beaux et de plus forts que lui avaient échoué. Il se comportait donc avec Clotilde de manière naturelle et détendue, même s'il rêvait parfois à un monde parfait où Clotilde aurait été attirée par lui, où il aurait connu le bonheur de l'avoir dans ses bras. Mais c'était comme rêver de devenir millionnaire sans rien faire pour cela, juste une pensée fugace, qu'on évite car elle est un peu douloureuse.

— Clotilde, que voulez-vous dire par bizarre ? demanda le Patron.

— Deux patients me posent problème. Deux délires systématisés.

Ils n'eurent même pas à aller jusqu'à la chambre de Raymonde, l'une des patientes dont parlait Clotilde.

Elle se tenait au milieu du couloir : une grosse dame dans une robe à fleurs. On la connaissait bien. Raymonde était en général hospitalisée deux fois par an quand elle délirait un peu trop et que cela fatiguait sa vieille mère qui vivait avec elle.

— Bonjour, Raymonde, dit Clotilde.

Raymonde ne regarda personne : elle levait les yeux au plafond, les bras à demi levés dans un geste d'imploration. Raymonde chuchotait, comme si elle ne voulait pas qu'on entende ses paroles, mais paradoxalement elle parvenait à chuchoter d'une voix forte, et toutes les personnes dans le couloir, soignants et malades, s'étaient arrêtées pour l'écouter.

— ... Une armée d'anges... À la droite du père... Un nouveau ciel et une nouvelle terre, l'ancien monde disparaîtra ! Puis soudain : le jardin d'Éden !

— Raymonde, je crois qu'il vaudrait mieux revenir dans votre chambre, dit Clotilde.

Raymonde sursauta, comme si elle se réveillait d'un rêve, à moins que Clotilde, qui ressemblait en effet à un ange, fasse pour elle partie de son rêve. Elle ne répondit rien, mais se laissa tranquillement raccompagner dans sa chambre par une infirmière.

Plus tard, la réunion reprit, mais sans Armand qui avait rendez-vous avec les représentants d'un grand laboratoire pharmaceutique, avec le projet de lancer une étude sur un nouveau médicament que l'on pourrait tester sur certains patients. Le Patron convint que ce qui arrivait à Raymonde était bien curieux.

— D'habitude Raymonde a plutôt un délire de persécution, non ?

— Oui, dit Clotilde. Quand elle va mal, elle pense que les voisins empoisonnent l'eau du robinet de l'appartement où elle vit avec sa mère, ou alors qu'ils s'introduisent chez elles pendant leurs absences pour déplacer les objets.

— Et dans ces mauvaises périodes, elle a des hallucinations ? demanda le Patron.

— Non, tout au plus des illusions. Quand elle entend le bruit de la conversation des voisins à travers la cloison, elle est sûre d'entendre son prénom, le mot « poison » enfin toujours des mots reliés au thème de la persécution.

— Mais, là elle a un délire mystique, je dirai même apocalyptique.

— Oui, elle ressasse surtout celle de saint Jean.

C'était impressionnant : non seulement Clotilde paraissait bien connaître l'apocalypse de Jean, mais sa réponse laissait entendre qu'elle en connaissait d'autres.

— Et en plus elle a des hallucinations visuelles, c'est très surprenant, dit le Patron.

Pour des psychiatres, voir un patient passer d'un délire de persécution avec interprétations à un délire apocalyptique avec hallucinations était aussi étonnant que de rencontrer un ami qui avait été végétarien toute sa vie et qui se met soudain à dévorer d'énormes biftecks saignants.

— En temps normal, elle et sa mère sont très pieuses, dit Clotilde.

— Tous les gens pieux ne délirent pas, dit le Patron.

— Et les mystiques, qui ont des visions ? Comment sait-on que ce ne sont pas tout simplement des hallucinations ? demanda Raphaël, qui avait tendance à vouloir se faire remarquer quand Clotilde était présente.

Le Patron sourit.

— C'est un vaste sujet. Mais la différence avec les délirants, c'est qu'entre leurs périodes de visions, les mystiques sont parfaitement normaux et adaptés au monde réel. On ne peut pas en dire autant de nos patients.

— Les mystiques ne perdent pas le contact avec la réalité terrestre ! souligna Clotilde d'un ton ferme, et Antoine sentit que la question de Raphaël l'avait un peu irritée.

« La réalité terrestre ? » Cela voulait-il dire que Clotilde considérait qu'il existait une autre réalité ?

Plus que d'habitude il y avait un mystère en Clotilde. Elle semblait venir d'un autre monde, même s'il n'arrivait pas à savoir lequel.

— Et votre deuxième cas, Clotilde ?

— J'ai demandé qu'on l'amène ici.

La porte s'ouvrit, et un patient entra dans la salle de réunion, accompagné par un infirmier. Antoine le reconnut, c'était un vieux monsieur juif et barbu, qui faisait de temps en temps de grosses dépressions accompagnées d'un délire – il se croyait responsable de tous les malheurs du peuple d'Israël et comme ils avaient été nombreux, sa détresse était grande. Sa famille l'amenait à l'hôpital dès qu'il commençait à ne plus se lever le matin, ce qui était le signe prémonitoire d'une rechute.

Là il semblait plutôt joyeux, il regarda l'assemblée des médecins avec bienveillance et, levant solennellement un doigt noueux, il dit :

— Le roi du Midi, le roi du Septentrion... Nous serons blanchis et purifiés par le feu.

Un deuxième délire mystique et apocalyptique dans la même journée ?

— Là, c'est plutôt l'apocalypse de Daniel, dit Clotilde.

— Je crois que j'ai un autre cas, dit Antoine.

Il leur parla de Norbert et de sa vision du Paradis.

— Le loup et l'agneau, la panthère et le chevreau, c'est dans Isaïe ! dit Clotilde.

— Trois délires apocalyptiques dans la même journée ! s'exclama le Patron. C'est une première mondiale !

En fait ce n'était pas trois, mais quatre, comme ils le découvrirent lors de la visite des chambres.

Voilà qu'une dame indienne, elle aussi une habituée du service, s'était agitée ce matin, et les infirmières avaient appelé l'interprète. Bien qu'elle soit arrivée dans le pays depuis longtemps, cette dame ne parlait qu'à sa famille, et passait sa journée au fond de leur magasin de vaisselle sans jamais adresser la parole aux clients, mais en priant de temps en temps devant une statuette du Dieu éléphant, Ganesh, posée sur un petit autel au milieu des piles d'assiettes et de casseroles.

Quand elle commençait à se dévêtir devant les clients en se mettant à chanter, sa famille l'amenait à l'hôpital.

Mais ce matin, c'était différent.

« C'est la fin de l'âge de fer ! Le monde va finir, et tout le cycle va recommencer », dit l'interprète en souriant, comme si c'était une bonne nouvelle, mais en fait c'était un homme très aimable qui souriait volontiers.

Le Patron, qui avait exercé son noble métier une année en Inde durant sa jeunesse, expliqua : pour les hindous, le temps était cyclique. Après sa création, le monde était passé par différents âges de quelques millions d'années chacun : d'abord l'âge d'or, une sorte de paradis, puis il s'était dégradé un peu avec l'âge d'argent, dans lequel les Dieux s'étaient efforcés de mettre un peu d'ordre en répartissant les hommes en quatre castes où chacun doit rester à sa place – « et les vaches seront bien gardées », ajouta facétieusement le Patron – puis le monde avait décliné encore avec l'âge de cuivre où les humains étaient devenus de moins en moins pieux et les guerres avaient commencé d'éclater. À l'âge de fer plus rien n'allait : il se terminait par une apocalypse, qui heureusement ramènerait un nouvel âge d'or, et un nouveau cycle.

— Nous sommes dans l'âge de fer depuis longtemps dit le Patron, donc cette dame délire en accord avec ses croyances religieuses sur le cycle des âges… D'ailleurs pour les hindous, cette vision du cycle perpétuel vaut aussi pour nous pauvres humains. Après notre mort, notre âme immortelle, l'*Âtman*, continuera de vivre dans un autre être, qui mourra à son tour, à nouveau notre âme renaîtra ailleurs, c'est la métempsycose, une sorte de porte à tambour existentielle où l'on n'arrête pas d'entrer et de ressortir !

— C'est la réincarnation comme pour les bouddhistes, dit Raphaël.

— Oui et non, dit Clotilde.

— Expliquez-vous, Clotilde, dit le Patron.

— Bouddha est né dans la religion hindoue, mais il en a rejeté certaines de ses croyances.

— Comme le Christ avec la religion juive ? suggéra Antoine qui ne voulait pas rester à la traîne.

Clotilde fit la moue.

— Oui, on peut dire ça, mais…

— Revenons au bouddhisme, dit le Patron.

— Dans le bouddhisme, on ne peut pas dire que son Moi, sa personne, va se réincarner en un autre être, car selon le Bouddha, il n'y a pas vraiment de Moi, c'est une illusion de croire qu'on a un Moi.

— Pas de Moi ? Mais enfin nous avons bien conscience d'être quelqu'un, dit Raphaël.

— Oui, bien sûr, mais justement pour le Bouddha, cette croyance est une illusion, et d'ailleurs cause de souffrance, dont il faut sortir.

Clotilde expliqua que pour sortir du *samsara*, le cycle des renaissances, il fallait parvenir à se débarrasser de tout désir, car le désir pris au sens général, on disait aussi l'attachement, était justement le carburant de ces renaissances perpétuelles.

— … et enfin on ne renaît plus pour se fondre dans le Cosmos, dans l'Un, dans le grand Tout, selon les traductions, conclut Clotilde avec un léger sourire qui montrait qu'elle avait une certaine distance vis-à-vis du bouddhisme.

— Le Paradis, ça serait le néant, alors ? demanda Antoine.

— Ou l'Univers, dit le Patron, il y a beaucoup d'interprétations pour le mot *nirvana* dont la traduction littérale est « extinction du désir ».

— Mais aussi extinction de l'ignorance et des illusions ! dit Clotilde.

— En tout cas ce n'est pas un paradis où nous attendrait un dieu d'amour ! dit Raphaël avec une satisfaction qu'Antoine trouva irritante.

— Comment expliquer tous ces délires apocalyptiques qui surviennent en même temps, et même chez Norbert qui n'est pas hospitalisé en ce moment ? demanda le Patron.

— Et si c'était vraiment la fin du monde ? plaisanta Raphaël qui voulait à nouveau se faire remarquer. Ils sentent peut-être arriver une grande catastrophe écologique, ou une guerre nucléaire ?

— J'aimerais que nous restions dans les explications *rationnelles,* dit le Patron d'un air sévère, ce qui figea Raphaël.

Tous autour de la table se mirent à réfléchir, mais on ne trouva aucune cause commune plausible à ces quatre délires simultanés.

Pas d'émission de télévision récente sur l'apocalypse nucléaire ou divine, en tout cas pas sur les chaînes accessibles dans le service.

Pas de nouveau traitement dont les effets auraient pu expliquer ce surcroît de délire. Ces quatre patients prenaient leurs médicaments habituels, tous assez anciens qui avaient été efficaces dans les périodes de délire précédent.

— Une drogue apportée de l'extérieur ? suggéra Armand qui était revenu de sa réunion avec les représentants du laboratoire pharmaceutique et qu'on venait de mettre au courant.

Mais ces quatre patients n'étaient pas des usagers de drogues.

— Une erreur de traitement ? proposa Antoine. On leur a donné d'autres médicaments que ceux prescrits ?

— Pour un patient, ça pourrait arriver... mais pour quatre ? dit Clotilde en haussant les épaules.

— C'est vrai, reconnut Antoine, un peu vexé.

— Un virus ? dit le Patron, avec l'air de ne pas y croire.

— En tout cas, dit Armand, les gens du labo viennent de me proposer un nouvel antidélirant à essayer. Ça serait une excellente occasion de commencer une nouvelle étude, on pourrait faire deux groupes qui...

— On ne va pas commencer un traitement sans avoir compris la cause ! coupa le Patron.

Antoine vit qu'Armand était déçu : il avait dû promettre aux représentants du laboratoire qu'il disposait d'un petit stock de patients délirants disponibles pour étudier leur nouvelle molécule. Après ce genre d'étude, les laboratoires l'invitaient à de grands congrès internationaux où il rencontrait d'autres psychiatres passionnés de médicaments, pendant que les épouses également invitées allaient visiter les musées et faire du shopping.

Soudain Clotilde prit une grande inspiration.

— Le Qi Gong ! s'écria-t-elle.

Dans le service passait deux fois par semaine un vieux psychiatre chinois, qui avait dépassé l'âge de la retraite, un ami de jeunesse du Patron. La vie avait mal tourné pour lui en Chine avec la fameuse Révolution culturelle prolétarienne. Les intellectuels avaient été désignés comme les ennemis du peuple, et le Dr Chin envoyé dans un camp pour quelques années. Par la suite, il était parvenu à quitter son pays et avait décidé de ne plus y revenir, comme beaucoup de ses compatriotes qui avaient réussi à s'exiler.

Le Dr Chin semblait préférer le pays où on l'avait accueilli et où il n'y avait pas de cours du soir obligatoires sur les sentences du *Petit Livre rouge*. Jeune, il avait commencé ses études de médecine en France, c'était là qu'il avait connu le Patron, puis obtenu son diplôme de psychiatre d'une grande université de Pékin. Avant que la Révolution culturelle ne vienne interrompre sa carrière il s'était également instruit en médecine traditionnelle chinoise. Comme aujourd'hui son diplôme chinois ne lui permettait pas de s'installer en ville ou d'occuper un vrai poste de médecin à l'hôpital, le Patron lui avait trouvé un rôle dans son service. Le Dr Chin avait ainsi deux spécialités qui ne nécessitaient pas de prescrire des médicaments : recevoir en consultation quelques patients chinois, qui avaient quitté leur pays comme lui et préféraient expliquer leurs problèmes dans leur langue à un compatriote. S'il se trouvait qu'ils avaient aussi besoin de médicaments, il les adressait à un autre psychiatre du service. Son autre activité était de proposer des cours de gymnastique chinoise aux patients hospitalisés. Tout le personnel du service, et bien sûr le Patron trouvait que c'était une bonne idée. Un peu d'exercice, une activité en groupe, c'était justement ce dont manquaient la plupart des gens qui se retrouvent hospitalisés en psychiatrie.

Bien sûr, cette gymnastique, le Qi Gong, était plus qu'une simple gymnastique, c'était une pratique séculaire censée redonner de l'énergie, le Qi, et ainsi améliorer la concentration. Le Qi Gong ne pouvait faire que du bien à des gens qui se sentaient toujours fatigués par leur maladie, leurs médicaments ou les deux, et qui avaient souvent des problèmes de concentration.

Clotilde avait remarqué que leurs quatre patients délirant sur l'apocalypse avaient suivi la veille un cours de Qi Gong.

— Mais d'ailleurs où est Chin ? demanda le Patron, d'habitude ne vient-il pas à cette réunion ?

Personne n'avait vu le vieux monsieur chinois ce matin-là.

Clotilde emmena le Patron, Armand et Antoine dans la salle où avaient lieu les séances de Qi Gong, et qui servait aussi de salle d'art-thérapie. Elle était décorée par des œuvres de patients, aussi variées en thèmes et en talent – médiocre nature morte, magnifique jaillissement expressionniste, peinture naïve – que si elles avaient été prêtées par différents musées pensait Antoine.

Sur une table, ils trouvèrent un cahier d'écolier avec, écrit à la main par une infirmière, les noms des patients qui étaient venus à chaque séance de Qi Gong.

Ils purent lire les noms de Raymonde, de la dame indienne et hindoue, du vieux monsieur juif, et de Norbert qui avait pris goût au Qi Gong pendant sa dernière hospitalisation, et qui depuis continuait de venir régulièrement aux séances.

— Nos délirants apocalyptiques, dit le Patron. Tout s'explique… C'est-à-dire rien en fait.

— Il faudrait demander au Dr Chin ce qui s'est passé exactement pendant la dernière séance, dit Clotilde.

Antoine regardait la salle, tout à fait banale dans un service de psychiatrie, et qui avait donné naissance à quatre délires apocalyptiques.

Peut-être y aurait-il un jour une plaque pour rappeler cet événement unique dans l'histoire de l'humanité, qui était peut-être le premier d'une série encore plus étonnante, voire le début d'une apocalypse réelle, que des êtres d'une ère future appelleraient peut-être un jour l'Apocalypse de Raymonde et Norbert.

Sur une paillasse, une bouilloire électrique était encore branchée, mais éteinte, à côté d'un petit plateau en cuivre rond avec six minuscules tasses de porcelaine blanche et bleue, à l'air très chinois.

— J'appelle Chin, dit le Patron.

— Je vais relire tout ce que ces patients ont reçu comme traitement ces derniers jours dit Armand.

— Je l'ai déjà fait, dit Clotilde. Rien de nouveau.

Mais Antoine sentit qu'Armand voulait vérifier par lui-même. C'était son genre. Clotilde eut l'air contrarié. Comme un ange qui trouve que les mortels ne l'écoutent pas assez, pensa Antoine. Mais le feu du ciel ne s'abattit pas sur Armand, il ne fut pas changé en statue de sel, et on décida de continuer la visite des autres patients.

— Il y a un autre nom sur la liste, dit Antoine.

On regarda et vit celui de M. Duvert.

— Je l'ai laissé sortir ce matin, dit Armand qui s'occupait personnellement de ce patient important.

Pendant le trajet en taxi, Armand mit au courant Antoine du cas de M. Duvert qui souffrait depuis des années de ce qu'on appelait un trouble bipolaire. Depuis qu'il avait atteint la quarantaine, il lui arrivait tous les deux ou trois ans de passer par des périodes de dépression assez marquées, puis par des états d'excitation au cours desquels il se sentait un peu comme Superman. Jusque-là, être suivi par un psychiatre en ville avait suffi à M. Duvert mais pour sa dernière phase dépressive, plus intense que les précédentes, une courte hospitalisation dans le service avait été nécessaire, le temps que le traitement fasse son effet. Il était sorti le matin même avec l'accord d'Armand.

Jeune, M. Duvert avait repris la petite entreprise de bâtiment de son père, et il en avait fait un grand groupe de travaux publics qui construisait des métros, des immeubles et des aéroports partout dans le monde. Grand patron, il avait été hospitalisé sous un nom d'emprunt, une procédure du service quand il abritait quelques célébrités, et Duvert n'était pas le nom qu'on lisait sur les palissades des chantiers de son entreprise internationale.

En arrivant devant la propriété, Antoine fut impressionné : les Duvert habitaient une vaste demeure en briques à coin de pierre, un petit château en fait, au milieu d'une belle propriété plantée d'arbres centenaires, à vingt minutes du centre de la capitale.

Une fois passée la grille qu'un gardien en casquette était venu leur ouvrir, ils aperçurent M. Duvert, un petit homme rondouillard, en train de se promener en pyjama sur sa pelouse, suivi par deux collaborateurs en costume cravate qui prenaient des notes d'un air empressé.

Mme Duvert se précipita à leur rencontre. C'était une grande femme à l'air chic, qui même en fin de matinée avait l'air prête à se rendre à une garden-party.

— Il faut arrêter mon mari, il est en train de tout donner !

— De tout donner ?

— Oui, regardez, il se promène en pyjama parce qu'il a décidé d'offrir tous ses costumes à notre personnel, dit-elle, en contenant un sanglot.

M. Duvert s'était assis au pied d'un grand chêne, tandis que ses deux collaborateurs restaient respectueusement debout, en continuant de prendre des notes.

Il sourit en apercevant Armand et Antoine et leur fit signe de s'approcher.

— Chers Docteurs, venez donc vous joindre à nous !

— Il n'a jamais été comme ça, chuchotait Mme Duvert à l'oreille d'Antoine.

En effet, dans ses périodes d'excitation précédentes, M. Duvert avait eu tendance à trop acheter : des voitures, des maisons, et même une fois une société, sa seule mauvaise affaire. Trop acheter était assez typique des périodes hautes, mais trop *donner*, c'était nouveau.

— Ne l'écoutez pas ! cria Mme Duvert aux deux collaborateurs qui la regardaient s'approcher.

— Docteur, il va falloir que vous vous occupiez de ma femme, dit M. Duvert. Elle a besoin de vos soins.

— Mais c'est toi qui as besoin qu'on s'occupe de toi ! Il faut que tu retournes à l'hôpital !

— Mais pas du tout. Docteur, est-ce que j'ai l'air excité ? Je suis parfaitement calme.

Et c'était vrai. À part le fait d'être assis en pyjama sur sa pelouse un jour de semaine, M. Duvert avait l'air normal.

— Mais dites-leur ce qu'il est en train de faire ! dit Mme Duvert aux collaborateurs, jusque-là muets.

Le plus âgé adressa un air interrogatif à M. Duvert, qui lui donna son accord d'un geste de la main.

— M. Duvert organise le don de son entreprise à ses salariés et à des organisations caritatives. Ses biens aussi. Et cette maison.

— Vous voyez, gémit Mme Duvert, il est fou.

— Mais pas du tout, ma chérie. Tu te fais du souci pour rien.

— Pour rien ? Et comment allons-nous vivre ? Et les enfants ?

M. Duvert leva le doigt, et avec un bon sourire il dit :

— *Regardez les petits oiseaux du ciel : ils ne sèment, ni ne moissonnent, ni n'assemblent dans des greniers, et votre Père céleste les nourrit.*

Mme Duvert regarda Antoine et Armand d'un air désespéré, puis elle se tourna vers son mari.

— Chéri, je vous en prie, il faut réfléchir. Et vous ne pouvez pas rester en pyjama toute la journée !

M. Duvert sourit à nouveau, comme s'il attendait cette remarque, et d'un geste large, désigna le parc autour d'eux :

— *Regardez les lys des champs : ils ne travaillent ni ne filent ; cependant je vous dis que Salomon même, dans toute sa gloire, n'a pas été vêtu comme l'un d'eux...* Ne pourriez-vous pas donner aussi vos manteaux, ma chérie ?

Voilà qui n'était pas apocalyptique, pensa Antoine, mais quand même assez mystique.

Ce soir-là, Antoine resta travailler tard dans son petit bureau de consultation. Il se demandait s'il n'avait pas trouvé le sujet de sa thèse : les délires mystiques. Il s'était mis à lire tout ce qu'il avait pu trouver dans la bibliothèque du service. Il était tracassé par une question : pourquoi Norbert, Raymonde, la dame indienne et le vieux monsieur juif avaient-ils des délires apocalyptiques, tandis que M. Duvert, autre adepte du Qi Gong, s'était mis à suivre à la lettre les paroles du Christ, ce qu'on ne pouvait pas réellement qualifier de délire, même si ce n'était pas l'avis de son épouse ?

Il ouvrit son petit carnet et nota ce qui lui semblait être une réponse possible.

Les prêcheurs apocalyptiques surviennent dans des temps de malheur et de grands troubles : exemple, Israël sous l'occupation des Romains. Saint Jean-Baptiste, saint Paul, et même Jésus annoncent que le monde ne va pas durer longtemps ainsi. Depuis toujours les gens qui souffrent ont envie d'entendre cette prédiction, pour découvrir un nouveau monde où les justes seront récompensés et les méchants châtiés.

Nos quatre patients délirants vivent depuis des années sous l'oppression d'une force d'occupation : leur maladie mentale et leur traitement obligatoire. Ils sentent qu'une apocalypse les en délivrerait.

M. Duvert, lui, a une vie globalement heureuse et ne souhaite pas le renversement du monde, simplement y vivre selon la parole du Christ.

Antoine était satisfait d'avoir trouvé une explication sur le contenu différent de ces délires, mais cela ne disait hélas rien de leur cause première. Pourquoi ces quatre patients s'étaient-ils mis à délirer le même jour ?

Soudain lui revint l'image du plateau et des jolies tasses chinoises dans la salle de Qi Gong. Où était passée la théière ? Ce n'était pas le genre de tasses dans lequel on peut mettre un sachet de thé, il fallait une théière pour cela.

Il sortit du bureau et se retrouva dans le service pas très éclairé à cette heure. Au bout du couloir, il retrouva la salle d'art-thérapie. À la lumière électrique, les œuvres des patients semblaient moins naïves, comme si elles prenaient une nouvelle vie dans la nuit.

Une rangée de vieux placards de bois s'alignait contre le mur du fond, tous fermés à clé. Antoine s'était muni du trousseau correspondant qu'il avait demandé à l'infirmière de nuit. Le premier placard qu'il ouvrit était rempli de matériel de peinture et de rouleaux de papier. Dans un autre, il trouva des tapisseries du groupe tapisserie. Dans le suivant des boules de glaise du groupe sculpture. Puis les rouleaux de soie pour la peinture sur soie.

Dans le placard près de l'évier, il trouva une théière blanche et bleue, l'air aussi chinois que les tasses, et assez ébréchée, peut-être par son long voyage.

Il refermait la porte du placard quand une voix le fit sursauter.

— Tiens, vous êtes là ?

C'était Armand qui le regardait derrière ses lunettes, et qui n'avait pas l'air très content de le trouver là.

Apparemment Armand et Antoine avaient eu la même idée.

— Vous avez trouvé quelque chose ? demanda Armand.

— Non.

Mais Armand voulut quand même ouvrir la porte du placard, et regarder à l'intérieur pour vérifier par lui-même.

— Je vois quelques brins de thé, dit-il.

Il les fit soigneusement tomber dans la paume de sa main.

— On va analyser ça, et poser des questions au Dr Chin, dit Armand.

On aurait dit qu'il se pourléchait les babines.

Antoine pensait au petit paquet de thé ouvert qu'il avait eu le temps de glisser dans sa poche juste à l'arrivée d'Armand.

Il ne savait pas pourquoi, mais il ne voulait pas qu'Armand soit au courant de cette découverte.

Bien sûr, c'était à Clotilde qu'il avait envie d'en parler en premier.

Antoine fila à une soirée où il avait été invité par un autre de ses camarades à qui ses parents avaient laissé leur maison pour le week-end. Quand il arriva, tous les invités s'étaient dispersés dans le grand jardin, car c'était une des premières soirées de printemps où l'air était assez doux pour donner envie de passer la nuit dehors. Les invités – beaucoup d'internes en médecine parmi eux, mais aussi des étudiants avancés d'autres disciplines – buvaient et discutaient, au son de la musique qui venait des fenêtres grandes ouvertes du salon. En arrivant Antoine reconnut *Knowing me, knowing you*. Il n'avait jamais été un grand fan de *Abba*, il préférait les groupes anglais comme *Police* ou surtout *Led Zeppelin*, et il était content à l'idée de les entendre ce soir, car le thème musical de la soirée était les années soixante-dix.

Clotilde était déjà là. Antoine remarqua tout de suite sa longue silhouette, accoudée à la rampe du perron, un gobelet de plastique à la main.

Malchance, Raphaël était près d'elle, et ils semblaient en pleine conversation.

Clotilde aperçut Antoine, et lui adressa un sourire.

Il s'approcha d'eux, mais le sourire de Clotilde disparut et il eut l'impression qu'elle n'était plus si contente de le voir. Au même moment, la musique passa à *Roxanne*, une chanson de Police qu'Antoine aimait bien.

— Tu as pêché un autre délire apocalyptique ? demanda Raphaël.

— Non, rien de nouveau.

Antoine sentait la pression du paquet de thé dans sa poche.

— Nous avions une conversation sur le mal, dit Raphaël.

— Le mal ?

— Raphaël était en train de me dire que le mal, enfin la souffrance, était bien une des preuves que Dieu n'existe pas.

Antoine fut surpris de voir que Clotilde et Raphaël en étaient à ce point d'intimité – on ne discute pas de l'existence de Dieu avec n'importe qui. En même temps il reconnaissait une tactique de drague habituelle de Raphaël, la contradiction amusante, il l'avait déjà vu opérer bien des fois. Serait-il possible que Clotilde soit sensible à son charme ? Antoine se sentit très contrarié par cette pensée. Il acceptait l'idée que Clotilde soit imprenable ou trop bien pour lui, mais pas qu'elle succombe à un garçon comme Raphaël, qu'il considérait comme un vantard, un imposteur d'une certaine manière. Il se sentit une soudaine envie de chasser Raphaël, mais pas à coups de poing, ce n'était pas son éducation ni son tempérament.

— Je comprends l'importance de cette question, dit Antoine, mais en quoi l'existence du mal prouverait que Dieu n'existe pas ? Et si Dieu était bon mais pas tout-puissant ? Ou tout-puissant mais pas bon ou pas soucieux de notre sort ?

Raphaël et Clotilde eurent l'air surpris de voir Antoine plonger aussi vite dans le sujet.

— *Aut vult tollere mala et non potest...* dit Clotilde en le regardant.

— Tu es vraiment étonnante ! dit Raphaël.

— *...aut potest et non vult.*

— Voilà, dit Clotilde. La question a déjà été posée il y a bien des siècles. Si Dieu est bon, tout-puissant et omniscient, comment peut-il tolérer le mal, la souffrance ? Soit il le peut, mais ne le veut pas, soit il le veut, mais ne le peut pas.

— Question posée, mais pas résolue, dit Raphaël. Autrement ça se saurait !

Il but une gorgée de punch, comme pour se récompenser de cette bonne réplique. À la mine contrariée de Clotilde, Antoine réalisa que Raphaël allait trop loin dans sa tactique de séduction. Contredire pouvait être attirant en montrant aux filles qu'on n'était pas soumis, mais mieux valait quand même éviter de s'attaquer aux croyances fondamentales, comme pour Clotilde, sa foi. Mais Raphaël était de ces garçons qui draguaient tellement de filles qu'il se moquait bien d'échouer de temps en temps.

— Et si Dieu était infiniment bon mais pas tout-puissant ? proposa Antoine. Il existe des forces du mal opposées à lui, et parfois elles l'emportent.

Après réflexion, cette idée lui avait paru acceptable.

— C'est du manichéisme, dit Clotilde. C'est une hérésie.

— Une hérésie ? dit Raphaël. Mais tu parles comme au Moyen Âge, tu es vraiment sainte Clotilde, dit-il en riant.

— C'est un terme technique et historique, s'énerva Clotilde. Mais on peut expliquer un Dieu tout-puissant avec l'existence du mal. Il y a des arguments.

— Quels arguments ? demanda Raphaël.

— Cela s'appelle une théodicée, dit Clotilde.

Clotilde commença à expliquer la théodicée de la compensation : toute souffrance, même la plus grande, sera compensée au Royaume des Cieux. En même temps que Clotilde parlait, Antoine reconnut la musique qui servait de fond à ses paroles : *Stairway to Heaven* !

— Et donc toutes les souffrances seront compensées au Paradis ? demanda-t-il.

Il ne voyait pas comment la souffrance d'une mère qui perd son enfant pouvait être compensée.

— Ça, c'est vraiment l'opium du peuple ! s'exclama Raphaël. Supportez vos souffrances, elles seront récompensées plus tard, donc, surtout ne vous révoltez pas.

Raphaël venait de quitter son ton plaisant pour révéler une de ses croyances fondamentales chez lui : Dieu n'existe pas, la religion est l'opium du peuple, et seule une révolution peut apporter la justice sur terre. Les gens qui croient en Dieu sont des benêts ou des faibles.

Antoine sentit monter à nouveau en lui une envie de mettre Raphaël hors de combat.

— Mais, Raphaël, comment peux-tu prouver que Dieu n'existe pas ?

Raphaël haussa les épaules comme pour dire qu'une telle évidence méritait à peine d'être discutée.

— Il suffit de regarder l'état du monde, dit-il. Tout n'est qu'injustice.

— L'injustice est un mal créé par l'homme, dit Clotilde.

— Alors pourquoi Dieu n'a-t-Il pas créé l'homme bon ?

— Pour le doter de libre arbitre, Il l'a laissé libre de faire le bien et le mal, c'est une autre théodicée : le mal est le prix de la liberté humaine.

— Drôle de liberté, dit Raphaël.

— Tu préférerais ne pas être libre, Raphaël ? demanda Antoine.

Raphaël parut embarrassé, bien sûr il préférait être libre, il était si content de lui, que l'absence de libre arbitre dans son cas aurait été une hypothèse ridicule.

— Je suis libre... mais je ne vois pas pourquoi cela montrerait que j'ai été créé par Dieu.

— Tu te crois libre, dit Antoine, mais c'est bizarre, car tu dis souvent que nous sommes conditionnés par la société et la pensée dominante.

— Oui, c'est vrai, mais moi je me suis libéré de ce mode de pensée dominant, dit Raphaël avec un sourire satisfait.

— Donc tu es libre ?

— Oui, on peut le dire.

— En même temps, comment peux-tu le prouver ?

— Je me révolte contre l'ordre social, par exemple.

— D'accord, mais ça n'est pas très original. Pas mal de gens de ta classe sociale, les petit-bourgeois je veux dire, aiment aujourd'hui les idées révolutionnaires. Comment peux-tu être sûr que tu n'es pas aussi un simple produit de ton milieu et de ton époque ?

Antoine vit Raphaël tressaillir au mot « petit-bourgeois ». Même si c'était la classe moyenne dont Antoine et lui étaient issus, Raphaël n'aimait pas se voir appliquer à lui ce terme si ordinaire. Il répondit :

— Et toi, n'es-tu pas encore plus le produit de ton milieu, Antoine ? Mais toi tu ne t'en libères pas, tu restes dans le chemin du garçon bien sage.

— Peut-être, dit Antoine, mais je ne prétends pas être libre. Le point important, c'est que tu crois en ta liberté, alors que tu ne peux absolument pas la prouver.

— D'accord, mais ça ne m'empêche pas de dormir, et moi j'agis !

— Donc tu crois en quelque chose que tu ne peux pas prouver.

— Oui, ce qui compte ce n'est pas de discuter philosophie, c'est faire changer les choses !

— Donc si tu crois en quelque chose que tu ne peux pas prouver, ta liberté, pourquoi n'acceptes-tu pas que d'autres croient en Dieu même s'ils ne peuvent pas prouver Son existence ? Il n'y a peut-être pas de preuves de l'existence de Dieu, mais à mon avis encore moins de ta liberté.

Raphaël resta coi pendant une seconde, et puis il s'exclama :

— Houlà, t'aurais dû faire philo ! Écoute, tu me donnes soif, je vais me resservir. Et m'occuper de mes hôtes.

Et il traversa la pelouse en direction du grand bol de punch qu'on avait apporté dehors, près duquel se trouvaient deux jeunes filles asiatiques à l'air timide.

— Ce sont des étudiantes chinoises, dit Clotilde. Raphaël les a convaincues de s'échapper de leur groupe pour venir à cette soirée.

Raphaël se mit à parler avec animation aux jeunes Chinoises, tout en lançant un regard mauvais à Antoine.

— Je crois que tu l'as contrarié, dit Clotilde.

— Je n'ai pas aimé la manière dont il te parlait.

L'Ange lui sourit. Antoine sentit une vague de chaleur l'envahir, en essayant de ne rien en laisser paraître.

— Je te propose d'aller boire un verre ailleurs, dit-il.

Clotilde haussa les sourcils d'un air surpris. Elle devait penser qu'Antoine voulait la draguer à son tour.

Mais il lui expliqua aussitôt la découverte dont il voulait lui parler.

— Alors, comme ça, tu as menti à Armand ?

Clotilde le regardait par-dessus sa tasse d'infusion, dans la grande brasserie encore ouverte qu'ils avaient trouvée en quittant la soirée. Antoine avait commandé une bière.

— Oui, je ne sais pas pourquoi, ça m'a paru la chose à faire.

— Un mensonge, quand même..., dit Clotilde d'un air songeur

— Je voulais d'abord que le Dr Chin n'ait pas d'ennuis, pouvoir lui en parler en premier, sans Armand dans les pattes.

— Tu crois que c'est son thé qui les a fait délirer ?

— Je ne sais pas.

Il avait sorti le paquet de thé de sa poche, et l'avait posé sur la table. L'emballage était fait de papier journal, un journal en chinois.

— De toute façon, dit Antoine, le Dr Chin n'aurait jamais fait ça volontairement. Sans doute ignore-t-il les propriétés de ce thé, regarde, il venait juste d'ouvrir le paquet.

— Si c'est bien ça qui les a fait délirer, dit Clotilde.

Soudain, elle prit une pincée de brins de thé et la jeta au fond de sa tasse vide. Elle y ajouta de l'eau chaude.

— Tu vas boire ça ?

— Si je me mets à délirer, ramène-moi à la maison, dit Clotilde en souriant.

Elle but un peu.

— Mmmh… très bon. Mais ça n'a pas vraiment un goût de thé.

Antoine était un peu inquiet, en même temps il savourait le plaisir de se trouver enfin en tête à tête avec Clotilde, ce que beaucoup avaient recherché sans y parvenir. Mais c'était bien sûr un privilège qu'il devait au fait de ne rien tenter avec elle, pensa-t-il tristement. Clotilde reprit une gorgée.

Il ne se passa rien pendant quelque temps.

La chambre de Clotilde, en mansarde sous les toits, était meublée très simplement, presque pauvrement, ce qui était étonnant car un salaire d'interne permettait normalement un peu plus de confort.

À part le lit, sur lequel Antoine avait aidé Clotilde à s'allonger, il n'y avait qu'une petite table qui lui servait de bureau, une chaise pliante, et une grande penderie démontable en toile plastique un peu déglinguée.

Aux murs étaient punaisées des affiches, en majorité de splendides photographies de mer et de voiliers, car Clotilde avait une passion pour la voile, lui avait-elle révélé, et d'autres qui représentaient des œuvres d'art chrétiennes, des Christ de différentes époques – mais pas d'anges – des flèches de cathédrales, des vitraux gothiques et même une grande reproduction du Sermon sur la Montagne dont le peintre était inconnu d'Antoine, mais qui devait dater de la Renaissance, au vu des costumes des personnages qui écoutaient le Christ prêcher, avec à l'arrière-plan des paysages brumeux comme ceux d'un rêve.

— Ça va mieux, dit Clotilde.

Elle gardait les yeux fermés et Antoine trouva qu'elle ressemblait toujours à un ange, mais endormi. Il avait toujours vu Clotilde en blouse ou en manteau, et pour la première fois il découvrait qu'elle était habillée très simplement d'un pantalon noir et d'un pull bleu marine, qui seraient aussi bien allés à un garçon. Antoine se sentit soudain très troublé de réaliser qu'il était seul près de Clotilde allongée et dans sa chambre.

— C'est incroyable, dit Clotilde. Il m'enveloppe de son amour…

Mais qui donc ? s'interrogea Antoine. À qui pensait Clotilde ? Il n'osait pas le lui demander, il avait un peu peur de ce qu'il allait entendre.

— Seigneur, dit Clotilde en soupirant.

Antoine vit que de petites gouttes de sueur étaient apparues sur son front à la lisière de ses cheveux, alors qu'il ne faisait pas chaud dans sa chambre.

— Tu te sens bien ? demanda-t-il.

Un léger sourire étira les lèvres angéliques de Clotilde.

— Je ne me sens pas bien.

Antoine se demanda s'il n'allait pas devoir examiner Clotilde, écouter son cœur, examiner ses pupilles. Il ne fallait pas oublier qu'il était médecin et qu'elle était peut-être malade. Oserait-il soulever son pull ?

— Je ne me sens pas bien..., soupira Clotilde, je suis... en extase.

— En extase ?

Clotilde retomba dans le silence, comme si le mot d'extase suffisait à expliquer son état, et Antoine comprit qu'il valait mieux qu'il se taise.

Il décida simplement d'attendre jusqu'à ce que le thé du Dr Chin finisse de faire son effet et que Clotilde revienne à son état normal.

Il leva les yeux et vit sur un rayonnage fixé au mur ce qui semblait être la bibliothèque de Clotilde. Des ouvrages de médecine, la plupart en anglais, et aussi des livres sur la politique internationale mais centrés sur la pauvreté dans le monde. Il remarqua quelques romans, des classiques : les deux derniers tomes de la *Recherche du Temps perdu*, *Le Loup des steppes*, *Siddhârta*. *Au-dessous du volcan*, et puis des ouvrages religieux, la Bible bien sûr, *La Légende dorée* dans une très vieille édition illustrée, une grosse encyclopédie des religions, une vie du Bouddha, et une traduction commentée d'extraits de la *Sutta Pitaka,* « la corbeille des enseignements » du Bouddha.

Et au sommet de l'étagère, la photo d'un jeune homme sur fond d'océan, les cheveux au vent, regardant l'horizon, terriblement beau, trouva Antoine avec un petit pincement au cœur. Voilà, c'était sans doute le rival inconnu et invincible pour lequel Clotilde repoussait tous les autres hommes

Après avoir jeté un nouveau coup d'œil à l'Ange qui semblait dormir, il chercha une lecture apaisante et choisit la *Sutta Pitaka.* Il savait que le Bouddha recommandait d'abandonner tout désir, ce qui allait peut-être l'aider…

Ainsi ai-je entendu : une fois le Bienheureux séjournait au bourg d'Ukkata. En ce temps-là, ayant séjourné au pied d'un grand arbre Sala du parc de Subhaga, le Bienheureux s'adressa à ses disciples, en disant…

Antoine s'endormit sur sa chaise.

Il n'avait pas osé boire une tasse du thé du Dr Chin, il s'était contenté d'une gorgée. Peut-être parce qu'il était moins audacieux que Clotilde, mais aussi parce qu'il s'était dit qu'il valait mieux que l'un des deux reste lucide pour observer l'autre.

Juste une gorgée.

Antoine les avait aperçus au loin, rassemblés au pied d'un grand arbre. Leur petit attroupement s'était abrité à l'ombre du feuillage.

Au-delà, une chaîne de montagnes fermait l'horizon, immense, neigeuse, avec trois grands sommets, comme trois patriarches, qui semblaient dominer tous les autres. Les bouffées de vent qui venait de cette direction apportaient la fraîcheur, comme l'haleine froide de la montagne. Le long d'un chemin parallèle au sien, sur la diguette d'une rizière, marchait un enfant pieds nus qui guidait une vache, d'un blanc sale avec une bosse sur l'échine. Quand il arriva près du groupe, visiblement des paysans des villages voisins, il se glissa au premier rang et vit celui qu'on était venu écouter.

C'était un jeune homme au crâne rasé vêtu d'une simple tunique qui laissait son épaule découverte, pieds nus, tout comme ses disciples assis tout près de lui. Il avait l'air très paisible, comme s'il lui était indifférent d'être l'objet de l'attention générale. Il finissait de répondre à une question de l'auditoire, quand son regard croisa celui d'Antoine.

— Toi, tu viens de loin, dit-il.

Antoine ne savait quelle langue le jeune homme parlait, mais il s'apercevait avec surprise et émerveillement qu'il la comprenait et la parlait aussi.

— Je ne sais plus bien d'où je viens, dit Antoine. Ni où je vais. Je me pose des questions sur le sens de la vie.

Le jeune homme sourit.

— C'est normal. Quand tu étais enfant, tu avais une foi, mais tu l'as laissée t'oublier.

— La foi m'a oublié ?

— Oui, car tu l'as abandonnée.

— Je devrais retrouver la foi de mon enfance ?

— Commence plutôt par faire attention.

— Mais attention à quoi ?

— Au moment présent, aux autres, au monde… et à toi.

— Cela fait beaucoup.

— Pas tellement, car si tu arrives à la concentration juste, tu verras que c'est la même chose, tu percevras l'unité…

— La même chose ? C'est ce qu'on appelle l'Un ? L'Universel ? Le Cosmos ? Tout est dans tout ?

— Il y a des problèmes de vocabulaire, dit le jeune homme en soupirant. Et je crains que ça ne s'arrange pas à l'avenir.

Antoine sentit que ce jeune homme avait une grande connaissance de ce monde, et peut-être même de l'autre, s'il existait. C'était une occasion unique d'en apprendre plus.

— Seigneur, dit-il – ce mot lui était venu naturellement, il ne savait pas pourquoi –, j'aimerais vraiment savoir : y a-t-il une autre vie après cette vie ? Vais-je me réincarner en un autre être ?

Il y eut un murmure chez les disciples et l'assemblée, comme si Antoine avait dit quelque chose d'inconvenant.

Le jeune homme fit la moue.

— Comme je l'ai dit, tu ferais mieux de te concentrer, plutôt que de t'intéresser à ce genre de questions.

— Mais ces questions me tourmentent.

— Si tu es blessé par une flèche empoisonnée, vas-tu commencer par te poser des questions sur la personne qui l'a tirée, son nom, de quel endroit, de quel bois était fait l'arc ? Ou vas-tu plutôt chercher au plus vite le traitement efficace du poison ?

— J'ai déjà lu cela quelque part, dit Antoine.

Il voulait savoir ce que le jeune homme voulait dire exactement par se concentrer, mais soudain quelqu'un lui administra une grande claque dans le dos qui le projeta en avant. Il se retrouva sur le dur plancher de la chambre de Clotilde : il venait de tomber de sa chaise.

Clotilde dormait paisiblement. Antoine aurait été prêt à la regarder dormir toute la nuit, mais il décida de la réveiller. Il voulait vérifier qu'elle était revenue de son extase dans un état à peu près normal.

Il vit l'Ange ouvrir les yeux, son regard encore brouillé de sommeil, et avancer son visage vers le sien, ses lèvres se rapprocher des siennes…

Mais elle se redressa brusquement, l'air complètement réveillé et contrarié.

— Antoine ! Mais enfin qu'est-ce que tu fais là ?

Et puis le souvenir de la soirée lui revint.

— Oh, Seigneur ! dit-elle.

Très vite, elle dit à Antoine qu'elle voulait se rendormir, et qu'il pouvait partir. À son regard, Antoine sentit qu'il aurait été inutile d'insister.

Sur le chemin du retour, il se dit qu'à sa place un garçon comme Raphaël aurait sans doute essayé d'insister et de rester avec Clotilde. Il espérait que ce n'était pas lui le benêt de la soirée.

Le Patron lisait à voix haute :

— *J'ai vu dans sa main une longue lance d'or, à la pointe de laquelle on aurait cru qu'il y avait un petit feu. Il m'a semblé qu'on la faisait entrer de temps en temps dans mon cœur et qu'elle me perçait jusqu'au fond des entrailles. C'est une si douce caresse d'amour qui se fait alors entre l'âme et Dieu, que je prie Dieu dans Sa bonté de la faire éprouver à celui qui peut croire que je mens.*

— La fin, c'est à peu près ça, dit Clotilde, mais sans cette histoire de lance.

Antoine se souvenait que cette lance décrite par sainte Thérèse d'Avila avait été considérée par bien des auteurs comme un symbole phallique et ils en avaient conclu que la sainte, femme d'un tempérament ardent et vivant dans l'abstinence, avait vécu une expérience orgasmique plutôt que mystique. Mais là encore comment pouvaient-ils en être si certains ?

Quand Clotilde et Antoine avaient raconté leur soirée au Patron, et que Clotilde avait évoqué son extase, sans arriver à en dire plus, il avait fait pivoter son fauteuil, saisi un livre dans sa bibliothèque et commencé à lire.

— Et vous n'aviez jamais ressenti cela auparavant ?

— Non, dit Clotilde. Jamais.

— Mais vous croyez en Dieu, et en Jésus-Christ ?

Clotilde hésita, puis dit :

— Pour moi, croire n'est pas le mot qui convient. C'est plutôt... une évidence que je ressens, avec laquelle je vis... Le mot « croire » suppose qu'on peut décider de croire ou ne pas croire, et pour moi ça me semble impossible.

Antoine sentit tout ce qui le séparait de Clotilde. Lui en était au stade où l'on se demande si l'on peut décider de croire.

— Donc ce thé... enfin appelons ça du thé, mais ça n'en est pas, vous a fait vivre une expérience mystique en accord avec votre foi.

— Oui. Mais les vrais mystiques ont vécu cela sans l'aide de la chimie.

Le Patron sourit.

— Armand dirait probablement que leur cerveau a la capacité de sécréter lui-même une substance voisine de celle que vous avez bue.

— Oh, je lui fais confiance pour dire ça ! dit Clotilde sur un ton qui montrait qu'elle n'avait pas une haute estime pour la vision matérialiste d'Armand.

— Et vous ? demanda le Patron en se tournant vers Antoine.

— Moi c'était plutôt un rêve, mais je n'avais pris que très peu de thé.

Il raconta son dialogue au pied de l'arbre.

— En fait votre rêve s'est nourri de la lecture de la *Corbeille des enseignements* sur laquelle vous veniez de vous endormir. Ainsi, vous avez rencontré l'Éveillé, conclut-il en souriant.

Antoine sortit de sa poche le paquet de thé et le posa sur la table.

— Il faudrait le rendre au Dr Chin, dit le Patron, mais je n'arrive pas à le joindre. Il ne répond pas au téléphone. Je commence à m'inquiéter.

Il examina le paquet.

— C'est curieux, je sens comme une discrète odeur de fromage.

Clotilde et Antoine flairèrent à leur tour l'emballage, c'était vrai.

— En tout cas, je ne peux pas lire ce qui est écrit, dit le Patron mais je peux vous dire que ce n'est pas du chinois.

Il regarda l'emballage avec plus d'attention.
— Ce sont des caractères tibétains.
Antoine eut soudain la conviction très forte qu'il allait faire un grand voyage, comme s'il le voyait se dérouler devant ses yeux, mais peut-être était-ce juste un reste des effets du thé ?

Deux questions pour Clotilde

1. Théodicée de la compensation.

Toute souffrance sera compensée dans le Royaume des Cieux.

Est-ce vraiment possible ? La souffrance d'une mère qui perd son enfant peut-elle être compensée ?

2. Théodicée de la liberté de l'homme.

Une grande partie du mal, comme l'injustice, est créée par l'homme.

Dieu a créé l'homme libre de commettre le bien et le mal, le mal est le prix de sa liberté.

Mais dans ce cas, pourquoi Dieu n'a-t-Il pas créé l'homme bon ?

Trois jours s'écoulèrent mais le Dr Chin restait injoignable. Quand on appelait son portable, un message annonçait que son numéro n'était plus en service.

Clotilde et Antoine se retrouvèrent essoufflés sur son palier, au huitième étage d'un vieil immeuble en béton. L'endroit ne semblait pas très chaleureux, mais après quelques années en camp de travail, cela avait dû paraître un refuge accueillant au Dr Chin, sans compter les nombreux restaurants chinois à proximité qu'Antoine avait remarqués.

La porte de l'appartement aurait dû être repeinte depuis longtemps, elle se distinguait des autres par un petit autocollant collé sous l'œilleton : l'étiquette d'une célèbre bière chinoise. Antoine se serait plutôt attendu au symbole du Yin et du Yang ou à l'idéogramme du Qi Gong, ou à toute autre représentation d'une sagesse orientale, mais le Dr Chin avait peut-être voulu se moquer de tout cela, un soir où il était revenu à la maison après quelques bières.

— La porte est ouverte, chuchota Clotilde.

Antoine eut un petit frisson, car dans tous les romans policiers, lorsque le détective arrivait au domicile d'une personne et qu'il trouvait la porte entrouverte, il découvrait en général un cadavre à l'intérieur. Ou pire, à peine entré, il se faisait assommer.

Dans un geste chevaleresque, il passa devant Clotilde au moment où elle allait entrer. Mais pas de cadavre, pas de coup de matraque, juste le petit studio d'un vieux monsieur chinois qui vivait seul et ne faisait pas trop attention à la poussière. Des piles de livres avaient été jetées sur le sol, il était impossible de marcher sans mettre le pied sur un d'entre eux, la plupart en chinois ou en anglais.

Le matelas du lit avait été retourné, les draps jetés en boule, les placards ouverts et leur contenu éparpillé au sol, y compris les quelques assiettes du placard au-dessus de l'évier.

— C'est pareil ici, dit Clotilde qui avait jeté un œil dans la salle de bains.

Sur une petite colline de livres, Antoine remarqua une poupée chinoise, une petite fille aux joues roses avec des nattes et une tenue de soie rouge, et qui, dans un tel décor, ressemblait à une enfant qu'on aurait abandonnée parmi les ruines.

— C'est très grave, dit Clotilde : cet endroit a été cambriolé et le Dr Chin a disparu !

Elle ressemblait à une héroïne de ce genre de roman anglais pour la jeunesse où l'enquêtrice est une jeune fille téméraire.

Mais la jeune fille téméraire eut une réaction très raisonnable :

— Il faut appeler la police.

Clotilde sortit car le signal était faible sur son téléphone.

L'attention d'Antoine fut attirée par une photo au mur. On voyait une rangée de Chinois, tous agenouillés et tête baissée comme s'ils avaient honte, avec accrochées à leur cou des pancartes couvertes d'idéogrammes. Derrière eux, se tenaient de très jeunes gens et jeunes filles gesticulants et dont la bouche s'ouvrait dans des cris de joie ou de colère, difficile à deviner.

Sans pouvoir déchiffrer les idéogrammes, Antoine en avait quand même lu assez sur l'histoire récente de Chine pour savoir que la photo avait été prise pendant la Révolution culturelle, quand le Grand Timonier avait réussi à dresser la jeunesse du pays contre tous ses opposants. Il voulait reprendre le pouvoir qu'il avait perdu après avoir provoqué la très grande famine déclenchée par sa politique folle du Grand Bond en avant.

Antoine devinait que les agenouillés étaient sans doute des professeurs, et les jeunes gens, leurs propres étudiants, sans doute ceux qu'on appelait alors les Gardes rouges, fanatisés contre les supposés ennemis du peuple

Dans la triste rangée des professeurs, Antoine reconnut le Dr Chin avec son long visage et ses gros sourcils, le plus jeune de la rangée, à peine la trentaine. Pourquoi aujourd'hui gardait-il cette photo, bien en vue ? Peut-être la regardait-il chaque fois qu'il lui prenait l'envie de retourner dans son pays ?

Il remarqua une autre photo en noir et blanc sur le mur près de la cuisine, l'air plus ancien avec sa bordure blanche et dentelée.

On y voyait la pile des toits recourbés d'un temple, orné de sculptures plus ou moins grimaçantes. Le mot « démon » est celui qui vint à l'esprit d'Antoine, mais il savait qu'il s'agissait de divinités de la religion hindoue, qui en comptait un grand nombre. La photo avait été prise en contre-plongée, on ne voyait rien de l'environnement du temple. Au loin se dressaient de grandes montagnes presque entièrement couvertes de neiges, et les ombres sur les pentes montraient que le soleil devait briller ce jour-là, même si le ciel gardait le triste gris d'une photo en noir et blanc. Trois sommets se détachaient des autres, comme trois patriarches qui dominaient la foule de leurs fidèles…

Antoine se sentit pâlir.

Le paysage de son rêve de la veille.

C'était impossible…

Les recherches de la police sur la disparition du Dr Chin et le cambriolage de son appartement ne donnèrent rien, sinon que la serrure avait bien été forcée, habilement précisèrent les policiers. On apprit aussi que les commerçants de son quartier n'avaient pas aperçu le vieux monsieur depuis plusieurs jours. La police ne trouva nulle trace de son passage dans les services d'urgence, les commissariats, sur les listes des passagers des avions ou les fiches d'hôtel. Les essais de localisation de son portable ne donnèrent rien. Le Dr Chin avait le statut de réfugié politique, ce qui expliquait que l'administration prêtait un peu d'attention à sa disparition. Le Patron se faisait beaucoup de soucis pour son vieux collègue.

Deux jours plus tard, Clotilde retrouva Antoine dans un petit café près de l'hôpital où se rejoignaient souvent les internes. Une tablée de collègues les regarda avec intérêt s'asseoir ensemble. Après quelques gorgées – bière pour Antoine, camomille pour Clotilde – Antoine proposa de retourner faire une visite à l'appartement du Dr Chin.

— On trouvera peut-être un indice, et que la police n'a pas vu, expliqua-t-il.

Clotilde le regardait d'un air dubitatif au-dessus de sa tasse de café, et il eut l'impression désagréable qu'elle ne le prenait pas au sérieux.

— S'il a été enlevé, il n'a sûrement pas eu le temps de laisser quoi que ce soit, tu sais.

— Tu penses vraiment qu'il a été enlevé ?

— C'est un dissident pour les autorités de son pays. Imagine l'effet qu'aurait ce thé sur la société si tout le monde se mettait à en consommer, y compris en Chine. Ce serait pire que l'opium... Les gens qui ont cambriolé l'appartement étaient peut-être à la recherche de ça.

— C'est nous qui sommes les gardiens de ce thé, maintenant.

— Oui, et je me demande si c'est bien prudent d'ailleurs, dit Clotilde d'un air pensif.

Le Patron avait enfermé le paquet de thé dans le coffre-fort de son bureau, destiné à garder les bijoux, montres et documents importants des patients hospitalisés en urgence, en attendant de pouvoir les remettre à un proche.

— Et tu n'aurais pas envie d'en boire à nouveau, d'avoir une autre expérience mystique ? demanda Antoine.

Clotilde soupira.

— Je ne pense pas que ce qui m'est arrivé vienne de Dieu… Je ne regrette pas cette expérience, mais je ne veux certainement pas en provoquer une autre. C'est un mensonge, finalement.

— Un mensonge ?

— Oui, cela me donne l'illusion d'une expérience mystique, mais tout vient de la drogue en fait.

— Pas seulement de la drogue, cela vient aussi de ta foi. Sans ta foi, ton expérience n'aurait pas eu le même contenu.

— Oui, mais sans la drogue, elle n'aurait pas eu lieu. En fait, je me demande…

Clotilde resta silencieuse, l'air songeur.

— Je me demande… si tout cela n'est pas un peu diabolique !

— L'herbe du Diable, dit Antoine en souriant.

— Tu plaisantes, mais tu sais, le Christ parle du Diable, à plusieurs reprises !

Clotilde était contrariée, Antoine se dit qu'il venait d'ironiser à propos d'une de ses croyances fondamentales, il ne fallait pas qu'il prenne le même chemin que Raphaël. Il voulut aussitôt se rattraper :

— Oui, bien sûr, je m'en souviens, la tentation au désert… Mais dis-moi, si le Diable existe, est-ce une créature de Dieu, ou une autre entité, distincte de Lui ?

— Tu reviens à ton manichéisme, dit Clotilde en souriant.

— Parce que cette idée me paraît compatible avec celle d'un Dieu d'amour.

— Remarque, c'est peut-être un bon départ pour toi, saint Augustin a commencé par être adepte du manichéisme.

Antoine crut d'abord que Clotilde plaisantait, mais non, pas du tout, « un bon départ » elle le voyait vraiment sur le chemin de la foi.

— Mais dans ce cas, je reviens à ma question sous une autre forme : comment Dieu peut-il tolérer l'existence du Diable, s'il est à la fois bon et tout-puissant ?

— Le Diable était un ange qui s'est séparé de Dieu, soupira Clotilde… Mais en fait cela revient à cette question : pourquoi Dieu n'a-t-Il pas créé l'homme bon ?

— Oui pourquoi ?

— Leibniz a donné son explication… Mais excuse-moi, je suis fatiguée, j'ai vu trop de patients aujourd'hui… On en reparlera demain, je vais rentrer.

Et Clotilde laissa Antoine devant son verre, à la grande satisfaction des collègues attablés un peu plus loin.

C'est ainsi que, malgré les espoirs d'une nouvelle enquête en compagnie de Clotilde, Antoine se retrouva seul dans l'appartement du Dr Chin.

Antoine fut déçu, les policiers n'avaient pas laissé de bandes adhésives avec « zone de crime, interdit de passer » comme dans les films. Pour eux cette affaire ne devait pas être si importante. Il avait demandé le double de la clé à la concierge avec qui il avait fait connaissance lors de sa première visite avec Clotilde.

— Un si gentil monsieur ! se désolait-elle. Tenez-moi au courant si vous avez des nouvelles.

Antoine referma la porte de l'appartement, alluma et fut surpris de voir que la pièce avait été un peu rangée. Les livres étaient à nouveau en piles. Les assiettes cassées avaient été balayées dans un coin de la pièce. La concierge serait-elle venue faire un début de rangement et de ménage ?

Il s'assit sur la seule chaise et s'attaqua à une pile de livres, ouvrant et feuilletant chaque ouvrage. Au milieu des livres de psychiatrie et de médecine traditionnelle chinoise, plusieurs livres parlaient du

Tibet, de la situation politique : on y lisait que, lors de la conquête, les troupes chinoises avaient brûlé de nombreux monastères, avec leurs bibliothèques et parfois leurs moines, au nom de la lutte contre l'obscurantisme. Un autre livre sur le bouddhisme tibétain donna à Antoine l'impression qu'il s'agissait d'une religion très riche en images, si on pouvait en juger par le nombre d'illustrations de divinités, aussi variées et certaines aussi terrifiantes que les dieux hindous avec leurs grands crocs et leurs yeux exorbités. Il comprit que ce qu'il avait pris sur la photo du temple pour des dieux hindous étaient en fait des divinités tibétaines.

Il était en train de contempler une belle illustration de Mahakala, au départ un démon mais heureusement transformée en divinité protectrice par une autre déité bienveillante, quand il entendit un bruit derrière lui : était-ce le souffle de Mahakala sur sa nuque, ou encore un effet du thé ?

Il se retourna.

Sous la couverture du lit, une forme humaine remuait en soupirant. Apparut le visage d'un homme asiatique, âgé et ensommeillé, les sourcils ébouriffés.

Antoine reconnut le Dr Chin.

— Quelle regrettable erreur, soupirait le Dr Chin.

Antoine avait compris que le Dr Chin faisait partie des doux et des gentils – ceux dont Norbert était sûr qu'ils se retrouveraient à la droite de Dieu – et qu'il se sentait donc très coupable d'avoir causé tout ce trouble à ses collègues et à leurs patients à cause de son thé. Le fait que son appartement ait été cambriolé et qu'il ait disparu pendant trois jours lui semblait être un sujet moins important, et Antoine dut insister pour qu'il s'en explique. Le Dr Chin chaussa ses lunettes et regarda Antoine, comme s'il voulait s'assurer que lui aussi faisait partie des gentils, cette vaste communauté internationale invisible.

Ce qu'il vit dut le rassurer car il s'expliqua.

Un soir, le Dr Chin était rentré tard chez lui et, arrivant devant son appartement, il avait entendu des gens parler à l'intérieur, en chinois.

Il ne se souvenait plus très bien s'il attendait de la visite, ce qui arrivait assez souvent. Des compatriotes en exil passaient parfois le voir, il en hébergeait même de temps en temps, et sur ses instructions la concierge donnait la clé aux habitués.

— Mais, non ce n'étaient pas des amis, dit le Dr Chin.

Deux hommes avaient fouillé tout son appartement : ils cherchaient le thé.

— Ils croyaient que c'était celui qu'ils avaient trouvé dans ce placard ! dit le Dr Chin en désignant le coin de la pièce occupé par la cuisine.

— Mais celui qu'il cherchait était resté dans le service… Et les patients en ont bu. Quelle erreur stupide ! se lamenta à nouveau le Dr Chin, quelle regrettable erreur !

Antoine essaya de le rassurer, les patients qui avaient bu ce thé étaient depuis revenus à leur état normal, il n'y avait donc aucun dommage, et le paquet était maintenant en sécurité dans le coffre-fort du Patron.

Le Dr Chin parut apaisé.

— Vous avez très bien agi, jeune homme ! Mais maintenant j'aimerais bien le récupérer, ce thé.

— Vous n'êtes pas le seul apparemment. Et Armand aussi en a collecté quelques brins.

— Armand ? Ça, c'est très ennuyeux…

— Docteur Chin, pourriez-vous m'en dire un peu plus sur ce thé ? Et pourquoi vous avez disparu ?

Le Dr Chin s'expliqua. Ce thé poussait sur les pentes de l'Himalaya. Il était d'une espèce assez rare mais répertoriée, que l'on pouvait acheter en Europe dans les boutiques pour amateur de thé, et qu'on pouvait boire sans autre effet que de le trouver excellent. Mais fumé et séché avec d'autres herbes des montagnes plus rares, il donnait un breuvage particulier. Ce mélange était une préparation secrète qui n'était connue que de quelques Lamas – des moines tibétains de haut rang – qu'ils se transmettaient de génération en génération depuis des siècles.

— … Et ils ne le boivent qu'au cours de certaines cérémonies.

Antoine pouvait imaginer que chez des gens déjà très croyants, ce thé pouvait amener au même état qu'avait expérimenté Clotilde.

— Et comment en aviez-vous à votre disposition ?

— C'est une longue histoire.

Antoine comprit que quelques années auparavant en Chine, le Dr Chin travaillait aux champs dans une ferme collective avec d'autres intellectuels décadents qui devaient expier leurs péchés et retrouver la juste pensée révolutionnaire en pratiquant *les trois avec* : travailler avec le peuple, dormir avec le peuple – pas beaucoup – et manger avec le peuple – encore moins. Parmi eux se trouvait un moine tibétain qui avait échappé au massacre, mais pas à la déportation.

Une amitié s'était sans doute formée, pour que le Dr Chin apprenne le secret de ce thé, et que des années plus tard il en arrive de temps en temps un paquet dans le petit appartement où il se confiait à Antoine.

— Et vous êtes allé au Tibet ? demanda Antoine en pensant à la photo du temple accrochée au mur.

— C'est une longue histoire…, dit à nouveau le Dr Chin.

Mais Antoine ne devait pas la connaître car des voix se firent entendre derrière la porte. On parlait en chinois.

— Ils sont revenus ! chuchota le Dr Chin.

Ils devaient croire que l'appartement était vide. On commença à crocheter la serrure.

À nouveau, Antoine pensa à ce qu'aurait fait un héros de roman policier : éteindre la lumière, attendre les intrus dans l'obscurité, les mettre hors de combat, puis les secouer durement pour leur faire avouer quel perfide grand chef les avait envoyés.

Mais sa dernière bagarre remontait à la cour de récréation. Même avec l'aide du Dr Chin – qui s'était soudain dressé à ses côtés, une bouteille de bière vide dans chaque main, ce qui surprit Antoine – il ne se voyait pas maîtriser des professionnels de la violence.

Alors vite, il s'approcha de la porte, et demanda, très fort :

— Qui est là ? Norbert ? C'est toi ?

Le silence se fit soudain de l'autre côté.

— Ce n'est pas Norbert ! Appelle les collègues ! continua Antoine comme s'il s'adressait à quelqu'un dans la pièce.

Il entendit des pas s'éloigner rapidement.

Norbert aurait été content que son prénom – le premier qui lui était venu à l'esprit – puisse être utile dans une telle situation.

Mais il fallait déguerpir, les autres pouvaient revenir.

Le Dr Chin eut un dernier regard vers son appartement.

— Je ne vais peut-être pas revenir avant longtemps dit-il.

Il se dirigea vers le mur et retira la photo du temple et des montagnes.

Il ne prit pas l'autre photo, le mauvais souvenir de la Révolution culturelle.

Plus tard, Antoine avait appelé le Patron. Ils étaient tombés d'accord : le meilleur endroit pour mettre le Dr Chin à l'abri était l'hôpital, et le service du Patron.

— Mon Dieu, disait le Dr Chin, que de soucis je vous donne !

— Maintenant, vous êtes en sécurité.

La seule chambre libre ce soir-là était celle des grands agités, qui se distinguait des autres par sa porte et ses murs capitonnés, sur lesquels on pouvait se jeter sans se faire mal. Les nouveaux internes s'amusaient toujours à faire cette expérience. Mais le Dr Chin ne semblait avoir aucune envie de s'y essayer. Il paraissait abattu, et soudain plus âgé.

Heureusement le Patron arriva, et la vue de son collègue et ami remonta le moral du vieil homme.

Après quelques échanges de politesses, le Dr Chin raconta la fin de sa première rencontre avec les deux Chinois inconnus, qui avaient voulu l'enlever.

— Heureusement, en sortant de l'immeuble, j'ai pu leur échapper.

Antoine était surpris. Le Dr Chin n'était plus jeune, et ne paraissait pas un habitué de la bagarre. Le Patron devina son étonnement.

— Chin est maître de Wing Chun.

Antoine avait, lui, déjà entendu prononcer le nom de cet art martial par des camarades, fans de Bruce Lee, qui avaient voulu lui expliquer la différence entre Wing Chun et Kung Fu.

— Enfin, je l'ai été, dit modestement Chin. Mais c'est vrai, ils ne s'y attendaient pas du tout.

— La surprise est la reine des batailles, dit le Patron.

— Sun Tzu, vous vous souvenez bien !

Chin avait trouvé refuge dans un restaurant chinois dont il connaissait le gérant. On lui avait trouvé un petit lit non loin de la cuisine où il pouvait dormir après la fermeture dans des odeurs de friture.

— Mais ce n'était pas très confortable. Et je craignais d'attirer les autres sur mon ami restaurateur. Alors j'ai fini par revenir dans mon petit chez-moi, en me disant que finalement on ne me chercherait pas là, c'était trop évident. Vous savez, l'histoire de la lettre volée, de cet auteur américain…

— Edgar Allan Poe.

— Oui, voilà.

— Je l'ai beaucoup lu dans ma jeunesse. Et bien sûr cette fameuse nouvelle sur un asile d'aliénés…

— *Le système du docteur Goudron et du professeur Plume* ?

— Cela même, cher ami. D'ailleurs regardez, c'est moi le psychiatre qui me retrouve ce soir dans la chambre d'un aliéné ! Exactement comme dans la nouvelle de Poe, dit le Dr Chin en riant.

Antoine se souvenait de cette nouvelle. Le narrateur est guidé dans sa visite d'un asile d'aliénés par le directeur de l'établissement, qui lui explique qu'après avoir échoué à soigner les pensionnaires par la douceur, on les avait à nouveau enfermés dans leurs cellules. Le visiteur est ensuite invité à dîner avec le personnel de l'asile. Au cours du repas, les convives lui paraissent de plus en plus bizarres. À la fin il comprend – trop tard – qu'il est attablé avec les fous, et que ceux-ci ont enfermé les soignants à leur place, non sans les avoir enduits auparavant de goudron et de plumes ! Le Patron et le Dr Chin riaient de bon cœur en évoquant cette histoire.

— Mais comment les Chinois ont-ils pu savoir que vous receviez ce thé ?

— Ils ont dû découvrir ma petite filière d'approvisionnement...

Chin et son ami le moine s'écrivaient environ une fois par mois, mais depuis deux mois, il était sans nouvelles.

— Et puis, ils ont dû voir M. Duvert à la télévision, dit Antoine.

Malgré l'opposition de son épouse et les consignes d'Armand, un reporter avait réussi à approcher M. Duvert, et son interview avait fait forte impression au journal télévisé, en particulier ses citations chantées du Nouveau Testament sur la difficulté pour les riches d'entrer dans le Royaume des Cieux.

— Je suis très inquiet, dit le Dr Chin. Les Chinois ont dû retrouver mon ami tibétain.

— Il vit au Tibet ?

— Non, au Népal. Il y a beaucoup de réfugiés tibétains là-bas.

On décida que la nuit porterait conseil.

Le Dr Chin demanda s'il ne pourrait pas boire un peu de son thé.

Le Patron alla chercher le paquet, ainsi qu'une bouilloire électrique.

Ils quittèrent le Dr Chin en train d'attendre que le thé infuse. Antoine se demandait de quelles visions serait peuplée la nuit du vieux monsieur.

— Je ne sais pas, dit le Patron qui raccompagnait Antoine dans sa voiture, une vieille Peugeot. Sans doute le panthéon taoïste. L'Empereur de Jade, les Huit Immortels. En fait non, car je crois bien que Chin est surtout bouddhiste. Saviez-vous que le bouddhisme a été aboli en Chine pendant quelques siècles, car considéré comme une religion étrangère ? En même temps que le manichéisme d'ailleurs…

Le manichéisme était donc arrivé jusqu'en Chine ?

Antoine décida de se procurer au plus vite un *Dictionnaire des Religions*.

— Il s'agit bien de thé, dit Armand, d'une espèce proche du Darjeerling. Mais pas seulement… Il y a d'autres éléments végétaux.

Armand avait l'air très excité par l'analyse des quelques brins qu'il avait pu collecter au fond du placard et qui l'avait apporté à son laboratoire favori.

— Du LSD peut-être ? suggéra Raphaël.

Clotilde eut un léger haussement d'épaules. Elle savait que ce n'était pas du LSD, mais elle ne voulait pas en dire plus.

— Non, dit Armand, pas de LSD. En fait il y a au moins une vingtaine d'autres composés végétaux. Ça va être difficile de savoir lequel est actif surtout avec une aussi petite quantité, sans compter que c'est peut-être l'association de deux ou de plusieurs qui produit l'effet. Certains ont été transformés par une fermentation. Il nous faudrait davantage de ce mélange pour faire des tests sur les animaux !

Antoine se demandait quel serait l'effet sur des souris de laboratoire. Entreraient-elles en contact avec le Paradis des Souris ?

Le Patron parut hésiter :

— Nous pourrions obtenir plus de ce thé..., commença-t-il.

— Comment ça ? demanda Armand.

— Je vais en parler au Dr Chin.

— Vous l'avez retrouvé ?

— Oui, dit le Patron. Il n'a pas disparu.

Mais le Patron se trompait.

Quand Antoine et lui arrivèrent à la chambre du Dr Chin, elle était vide. Son pyjama était soigneusement plié sur le lit. Le vieux monsieur avait à nouveau disparu, et son paquet de thé avec lui. Sur le pyjama plié, était posée une enveloppe avec le nom du Patron. Celui-ci en sortit une lettre, la lut et la tendit à Antoine.

Cher ami,

Désolé de vous fausser compagnie de si inconvenante manière, mais je sens que c'est nécessaire. Rester ici vous exposerait à des dangers que vous ne soupçonnez pas, et c'est pourquoi j'ai aussi repris mon bien avec moi, faites savoir à tous que vous ne l'avez plus.

Je m'en vais aussi pour voir si d'autres amis ne sont pas en danger.

Je vous tiendrai au courant dès que je pourrai, par téléphone ou télégramme. Avec ma sincère amitié et profonde reconnaissance.

Chin

Dans l'enveloppe, le Dr Chin avait glissé la photo du temple et des montagnes qu'il avait rapportée de son appartement.

Antoine finissait de lire la lettre quand Armand entra dans la chambre, suivi de Clotilde.

— Je viens d'apprendre que vous avez hospitalisé le Dr Chin ?

— Il vient de nous quitter, dit le Patron.

Antoine vit qu'Armand avait les yeux fixés sur la lettre de Chin, mais il n'avait pas l'intention de la lui laisser lire, il la redonna au Patron, qui hésita une seconde, mais la garda sans la donner à Armand.

— C'est une lettre assez personnelle, dit-il à Armand qui devint écarlate.

Mais le Patron fit un mouvement maladroit en voulant remettre la photo dans l'enveloppe, et elle tomba à terre.

Armand se jeta dessus pour la ramasser, et il se mit à l'examiner avec une intensité folle tandis que le Patron tendait la main vers lui.

— On dirait l'Himalaya, dit Armand, c'est là qu'il est parti ?

— Armand, enfin ! dit le Patron en lui arrachant la photo des mains.

— Il faut prévenir la police, dit Armand. Ils ont les moyens de le retrouver.

— Pourquoi ? s'énerva le Patron. Chin n'est plus une personne disparue, il peut aller où bon lui semble. Je vais au contraire prévenir la police pour qu'ils arrêtent de le chercher.

— Mais le thé ! Le thé ! Il faut retrouver son thé ! s'écria Armand, un peu trop fort.

Le Patron fit la moue.

— Je trouve que vous vous exaltez un peu trop, mon cher Armand. Chin a involontairement donné à des patients un sorte d'infusion qui a accentué leur délire, il en est fort désolé. Maintenant qu'ils sont revenus à leur état normal, pour moi l'affaire est close.

— Mais comment ?... Ce thé a un intérêt exceptionnel !

— Ce n'est pas mon point de vue...

— Mais ce thé donne aux gens des expériences mystiques ! s'écria Armand. Vous ne vous rendez pas compte !...

Le Patron fronça le sourcil.

— *Je ne me rends pas compte ?* Voulez-vous dire que je ne suis plus tout à fait lucide ?

Armand eut l'air de réaliser soudain qu'il contredisait son patron, celui auquel il espérait succéder.

— Loin de moi cette pensée, Monsieur !

— Vous me rassurez, dit le Patron d'un air contrarié. Faites-vous une raison, revenons plutôt au nouvel antidélirant que votre laboratoire favori nous propose.

Armand approuva, faiblement, mais dans son regard, Antoine vit qu'il avait une autre idée.

Au début, l'idée de partir à la recherche du Dr Chin n'était venue à personne.

— Ce bon Chin saura se débrouiller, disait le Patron. Il en a vu d'autres.

Mais on le sentait quand même tourmenté de ce que son ami ait quitté le pays avec ce thé mystérieux.

Le Patron attendait la première lettre ou le premier appel de son vieil ami, en essayant de se rassurer.

Un matin, tandis qu'Antoine sortait de la chambre de Raymonde qui pensait que quelqu'un avait déplacé sa table de chevet pendant son sommeil, le Patron vint vers lui avec un air pressé.

— Vous n'avez pas repris la lettre du Dr Chin ? demanda-t-il à Antoine.

— Non, je vous l'avais rendue, dit Antoine.

— Je ne la retrouve plus.

Dans son bureau, le Patron ouvrit un tiroir.

— Je l'avais laissée là, dit-il.

Antoine regarda plus attentivement.

— Elle est là !

Le Patron était stupéfait. L'enveloppe était bien là, et la lettre et la photo à l'intérieur.

— Hier soir… Elle n'y était plus.

Antoine n'eut pas le moindre doute, il fut sûr que le Patron, un esprit si précis, avait raison : la lettre n'était plus là la veille, et était revenue le matin.

— Armand ! gronda soudain le Patron.

À part eux et Clotilde, Armand était la seule personne au courant de l'existence de la lettre.

Antoine vit la colère du Patron monter, avec sans doute l'envie de se précipiter dans le bureau d'Armand, de le saisir par le col et de le secouer en renversant ses piles de journaux médicaux.

— Si vous allez le voir, il dira qu'il n'est même pas au courant, dit Antoine.

— Cet animal est parti hier pour un congrès en Inde, enfin c'est ce qu'il m'a annoncé. Il m'a même dit que c'était prévu depuis longtemps et qu'il avait oublié de me prévenir !

Si la lettre était revenue dans le tiroir pendant la nuit, cela supposait qu'Armand avait des complices bien organisés. Antoine vit que le Patron pensait la même chose.

— Ce pauvre Chin ne sera donc jamais tranquille, dit-il.

— Vous pensez qu'Armand et ses complices vont se mettre à sa recherche ?

— Bien sûr ! Il a dû faire une copie de la lettre et de la photo pour les convaincre. Il faudrait absolument prévenir Chin. Il ne sait pas qu'il a Armand et un labo à sa recherche. C'est peut-être pire que les services chinois !

Antoine se décida très vite.

— Et si Clotilde et moi partions le retrouver ? demanda-t-il. Nous pourrions le prévenir, et peut-être le ramener avant qu'ils ne le retrouvent.

— Vous feriez ça ? Tous les deux ? Il va sans dire que je signerai votre autorisation de congé !… Je vous trouverai des remplaçants.

Dans l'avion, Antoine n'arrivait pas à dormir.

La présence de Clotilde, de son corps angélique bien que réel, si près de lui, son parfum, tout cela était un peu trop intense pour lui. Il s'était habitué à l'idée de ne jamais avoir une relation amoureuse avec l'Ange, mais il trouvait que trop de proximité ébranlait son calme et sa résignation.

Clotilde, elle, dormait. Ses paupières closes frémissaient parfois, sous l'effet de mouvements cachés de ses yeux, qui révélaient – Antoine l'avait appris dans ses études – qu'elle rêvait. À moi, peut-être ? se demanda-t-il sans y croire.

Il sentait que Clotilde le considérait désormais comme un bon compagnon de voyage, et il fallait qu'il se maintienne dans ce rôle s'il ne voulait pas s'ajouter à la longue liste des garçons refusés.

Et puis, s'il dévoilait son amour, non seulement il rencontrerait un échec, mais en poursuivant ce voyage, il aurait alors l'air du fidèle cocker amoureux ou de son chevalier servant. Pour avoir observé des garçons qui s'étaient laissé emprisonner dans ce rôle, il savait qu'on avait autant de chance de s'en libérer pour passer à celui d'amant comblé que de réussir un examen sans avoir travaillé.

Mais le souvenir de Clotilde à son réveil dans sa petite chambre, approchant son visage du sien lui revint soudain. Peut-être dans un demi-sommeil l'avait-elle pris pour quelqu'un d'autre ? Le jeune dieu des mers de la photo sur l'étagère ?

Finalement l'attitude de Clotilde lui paraissait aussi difficile à comprendre que l'existence d'un Dieu infiniment bon et tout-puissant.

Pour éclaircir ce dernier mystère, Antoine se proposait la prochaine fois de boire une grande tasse de ce thé et non pas la seule gorgée qui lui avait fait rêver de l'Éveillé sur fond d'Himalaya. Rêver, ou rencontrer ? Ces montagnes, le même trio de sommets sur la photo du Dr Chin et dans son rêve, étaient angoissantes : il avait préféré se dire que c'était une reconstruction après-coup, qu'il avait eu l'*impression* que ces montagnes étaient celles de son rêve. Il se demandait de quelles visions sa prochaine extase serait habitée s'il devait reprendre de ce thé. Des souvenirs du catéchisme et des messes de son enfance, quand il avait l'impression que la statue de la Vierge Marie le regardait avec désapprobation les semaines où il avait fait des bêtises ?

Pour découvrir comment les autres religions résolvaient le problème du mal qui s'abat sur des innocents, il avait acheté avant de partir un *Dictionnaire des religions*, un pavé qu'il avait trouvé dans une librairie de livres d'occasion en même temps que *L'Antivoyage* de Muriel Cerf, mais qu'il avait oublié en partant. Il avait commencé à lire sur le bouddhisme et l'hindouisme – domaines qui étaient moins familiers à Clotilde – ou plutôt les bouddhismes et les hindouismes, car ces religions avaient engendré au cours des siècles autant de courants que toute la Chrétienté.

La tête de Clotilde bascula sur son épaule. Ses cheveux frôlaient maintenant sa joue. Mais elle se redressa soudain, étira ses longues jambes, une fois encore modestement vêtues d'un pantalon noir, ouvrit les yeux, et regarda Antoine.

— Je me demande comment nous allons retrouver le Dr Chin ?

— Ça n'a pas l'air d'être une grande ville. Et on ira d'abord faire un tour dans le quartier tibétain.

Pour eux, la destination du Dr Chin était une évidence : l'allusion à la présence au Népal de son ami le moine ne laissait aucun doute comme la photo laissée par le Dr Chin avec son temple typiquement népalais.

À Bangkok, ils avaient pris un autre avion, beaucoup plus petit, et maintenant ils volaient vers leur destination finale, Katmandou.

Antoine commençait à s'endormir, mais soudain la voix de Clotilde le réveilla.

— Je veux vraiment reprendre de ce thé !

Il ouvrit les yeux, Clotilde semblait enthousiaste à l'idée d'expérimenter à nouveau le breuvage du Dr Chin.

— Tu disais que c'était peut-être… diabolique.

— J'ai réfléchi depuis, soupira-t-elle en haussant les épaules. Ce mélange a été trouvé par des gens sincèrement croyants, ils n'en font usage que pour leurs cérémonies religieuses. Tu me diras que le bouddhisme a des différences *radicales* de doctrine avec le christianisme…

Il aurait aimé avoir un clair résumé de ces différences radicales vues par Clotilde, même si après ses récentes lectures, il se sentait moins ignorant.

— … mais si on met à part les rites et les croyances, en termes de comportements, ce serait en fin de compte assez difficile de distinguer un bon bouddhiste d'un bon chrétien ! Détachement des biens de ce monde et compassion universelle, tu vois.

— Et donc ce thé n'est plus diabolique ?

— Non… Je ne le crois plus.

— Mais pourquoi veux-tu en reprendre ? Dans quel but ?

Clotilde hésita.

— Parce que j'ai l'impression de n'avoir pas tiré grand-chose de cette expérience, j'étais trop surprise. J'aimerais être mieux préparée, un peu comme doivent l'être les moines tibétains…

— Avec ce thé, cela voudrait dire que l'on peut répéter les expériences mystiques, comme des expériences normales ! s'écria Antoine.

— Pourquoi cela a l'air de te surprendre ?

— Mais parce qu'avec des expériences que l'on peut répéter et comparer cela ferait entrer la question de l'existence de Dieu dans le domaine de la science ! Ce serait une révolution.

Il expliqua à Clotilde la position de Wittgenstein : la connaissance n'avance que par la logique et la science.

— Wittgenstein exagère un peu, dit Clotilde. Toutes nos connaissances ne sont pas toujours venues d'une démarche scientifique.

— Par exemple ?

— Les premiers explorateurs. Même en un seul voyage, et sans instruments de mesure, ils ramenaient des informations, c'était le début de la géographie, même si les cartes étaient très imparfaites.

— D'accord, c'était une première étape.

— Eh bien justement, Bergson, un philosophe français, compare les mystiques à ces premiers explorateurs. Ils nous rapportent des informations sur l'existence de Dieu, même si ce n'est pas par une démarche scientifique.

— Sainte Thérèse d'Avila serait une sorte de Marco Polo de l'autre monde ?

— ... Oui, dit Clotilde, surprise.

La comparaison l'amusait.

— Donc si on peut répéter les expériences mystiques avec le thé, cela commencerait à devenir de la science, insista Antoine.

— Pas forcément, dit Clotilde. Il faut déjà avoir la foi pour vivre ce que j'ai connu. Regarde-toi, tu as juste fait un rêve à propos de ta lecture.

— Oui, mais j'avais pris très peu de thé.

— Tu pourras essayer d'en prendre plus.

— Et les montagnes...

— Les montagnes ?
— Les mêmes que sur la photo.
— C'est une vraie question.

Mais Antoine sentit que Clotilde doutait, car comment quelqu'un aussi peu croyant qu'Antoine aurait-il pu avoir accès à cet autre monde qu'elle avait entrevu ?

Pendant que l'avion descendait sur Katmandou, Antoine commença à s'inquiéter. Les communautés de moines avaient dû bâtir des règles pour restreindre l'utilisation du thé à quelques occasions solennelles, mais quelqu'un laissé seul avec un paquet à sa disposition, ne risquait-il pas de devenir tout simplement dépendant ? Clotilde n'était-elle pas sur la voie de devenir une belle *junkie*, mystique certes, mais *junkie* quand même ?

— Ça ressemble un peu à celui de la photo, dit Clotilde.

C'était vrai, mais en arrière-plan de ce temple, on ne voyait que le ciel bleu et les toits des maisons les plus proches.

Sous ces toits recourbés, les statues des dieux grimaçants rappelaient ceux de la photo du Dr Chin, avec leurs yeux exorbités et leur féroces canines, mais un petit guide illustré de Katmandou acheté à l'arrivée leur apprit que ceux-là étaient hindous, pas tibétains. Le regard d'Antoine se porta sur une frise dorée dans l'ombre d'un des toits. On y distinguait une file de personnages, une grande farandole d'hommes et de femmes qui ne se tenaient pas par la main, mais étaient reliés par des actes sexuels, et dans toutes les positions possibles, certaines acrobatiques. Il n'en crut pas ses yeux.

— *Look,* dit Moumdalou. *Beautiful !*

Moumdalou était le petit garçon d'environ huit ans qui, avec une nuée d'autres, s'était précipité sur eux à leur arrivée en se proposant comme guide. Difficile de choisir parmi tous ces adorables enfants. Il y avait eu un vrai débat entre Clotilde et Antoine.

— Si on en choisit un, on va faire de la peine aux autres, dit Clotilde.

— Si on refuse d'en choisir un, ils vont nous suivre tout le temps, dit Antoine.

Finalement au milieu de ces petites filles déjà en sari et ces petits garçons en culottes courtes, ils avaient choisi Moumdalou, peut-être à cause de son sourire, et aussi parce qu'il n'essayait pas de bousculer les autres pour se mettre en avant.

Moumdalou s'était révélé très précieux. Pour un guide, il ne savait pas grand-chose sur les temples, d'autant que son anglais était très limité. Mais il connaissait tous les recoins de la ville, les restaurants acceptables, il écartait les mendiants plus fermement que Clotilde et Antoine auraient su le faire, et il les prévenait juste à temps avant qu'ils ne mettent le pied dans une bouse de vache. Car c'était une ville où les vaches se promenaient librement dans les rues, et quand elles bloquaient la circulation, les habitants se permettaient juste de les implorer gentiment ou de parfois pousser leurs maigres derrières.

La ville était plutôt calme et poussiéreuse, les vélos l'emportaient encore sur les deux-roues à moteur, et sauf en fin de journée les voitures étaient peu nombreuses. On croisait aussi des camions à la fois rouillés et peints de fresques multicolores, chargés de travailleurs ou de ballots de riz, dont l'échappement fumait terriblement. Même ces camions s'arrêtaient devant les vaches.

— *Hi, Hi, Shiva great god !* s'écria Moumdalou.

C'était un petit garçon toujours de bonne humeur, mais la vision de cette farandole sexuelle qu'il devait pourtant bien connaître semblait augmenter sa joie, comme une plaisanterie habituelle.

Clotilde regardait les hauteurs du temple, mais elle n'avait pas encore remarqué la fresque. Antoine se demandait comment l'Ange réagirait face à une telle glorification des plaisirs de la chair.

Le regard de Clotilde s'arrêta, ses yeux s'agrandirent...

Elle soupira avec ce haussement d'épaules qu'Antoine aimait.

— On ferait mieux de continuer à chercher le Dr Chin, dit-elle en se détournant.

Elle avait raison, et d'ailleurs ils étaient sûrs de le trouver bientôt : la ville n'était pas si étendue, certaines rues se terminaient au milieu des champs ou des rizières.

Moumdalou insista pour les amener devant une statue de Ganesh, le Dieu à tête d'éléphant.

— *You ask, he gives*, expliqua-t-il.

Les habitants de cette cité devaient partager cette opinion, car de nombreuses offrandes avaient été laissées devant la statue, baguettes d'encens, fruits et légumes variés, petits gâteaux couverts de sucre et même deux bouteilles de Coca-Cola ouvertes et munies de paille. Clotilde confirma que Ganesh, fils de Shiva, était un dieu particulièrement bienveillant, très aimé par les hindous.

— Bienveillant ? Mais pourquoi a-t-il une hache ?

— Pour détruire le désir et l'attachement, sources de chagrin, dit Clotilde en le regardant.

Antoine se demanda si elle lui adressait un message.

Ils reprirent leur tour de la ville. Moumdalou leur avait promis de les mener dans le quartier où l'on trouvait la population venue du Tibet. Cela leur paraissait une bonne idée, le moine ami du Dr Chin s'y trouvait sans doute.

Dans la matinée, ils avaient déjà fait le tour des hôtels de la ville en demandant si quelqu'un n'avait pas vu un vieux monsieur chinois, mais on les avait regardés avec étonnement, et non, nul n'avait vu quelqu'un qui aurait ressemblé au Dr Chin.

Comme les propriétaires des hôtels ne comprenaient pas toujours bien leur anglais, et qu'ils espéraient peut-être qu'Antoine et Clotilde choisissent leur établissement pour y demeurer, ils leurs proposaient toujours de visiter les lieux.

C'était en général assez sommaire, comme si les habitants de ces maisons s'étaient contentés d'aligner plusieurs lits sur les planchers poussiéreux de chacune de leurs chambres, ou même de simples nattes. Les toilettes et la douche étaient au fond du couloir, où la même lessiveuse remplie d'eau vous permettait de vous doucher avec une casserole et de verser l'eau dans les toilettes après les avoir utilisées (quand elles n'étaient pas au fond du jardin). En général les plafonds et les chambranles des portes étaient si bas qu'Antoine se cognait régulièrement la tête. Mais le confort est moins important quand on est jeune, et justement ces hôtels étaient occupés par des jeunes venus de tous les pays du monde, certains étaient plutôt des amateurs d'escalades venus avec leur matériel, mais dans d'autre ils trouvaient des garçons coiffés plutôt comme Raphaël, les filles vêtues souvent de robes fleuries ou même des saris, et il flottait dans leurs chambres et dans tout l'hôtel une odeur de cannabis. Ces hôtels-là semblaient être les derniers vestiges des années soixante-dix.

— Un vieux Chinois, non..., disait lentement un grand Norvégien à collier et bracelets, le regard vague, mais bâti comme Thor lui-même.

— C'est un de vos amis ? demanda celle qui semblait être sa compagne, une petite brune rieuse.

— Nous avons un message pour lui.

— De toute façon, ici, y a surtout des jeunes, dit la fille qui s'appelait Noémie.

Antoine essayait de ne pas regarder ses seins qu'elle avait pigeonnants et à peine voilés par un sari presque transparent. Il se dit que Noémie devait en choisir un autre pour sortir, car les habitantes de cette ville lui avaient paru très pudiques, même si certaines fresques des temples l'étaient beaucoup moins.

Ils firent le tour de plusieurs hôtels, certains décents, d'autres qui ressemblaient plus à des asiles de nuit pour sans-domicile, mais nulle part on n'avait vu ou entendu parler d'un vieux monsieur chinois.

Il y avait bien sûr quelques hôtels de classe internationale pour les touristes riches, que l'on voyait se promener dans la ville avec des belles chaussures de montagne et de coûteux appareils photo pendus autour du cou. Mais vu les maigres revenus du Dr Chin, il n'était pas la peine d'aller le chercher dans ces établissements.

Finalement ils revinrent à leur hôtel, où ils avaient laissé leurs sacs à l'arrivée. C'est Raphaël qui le leur avait recommandé. Antoine aurait préféré ne rien devoir à Raphaël, mais il fallait reconnaître que, comparé à ceux qu'ils avaient visités, cet hôtel était le plus charmant avec ses escaliers sculptés ainsi que ces linteaux de porte malheureusement encore trop bas pour Antoine. L'autre problème était que cet hôtel, comme tous les autres, semblait surpeuplé : toutes les chambres se partageaient comme de petits dortoirs. Allait-il subir le supplice de partager une chambre avec Clotilde sans pouvoir la toucher, ou pire être séparé d'elle et la voir passer ses nuits dans une chambrée de Hollandaises ?

Finalement, c'est le premier supplice qui s'annonça.

Ils arrivèrent dans une chambre, plus vaste que les autres avec ses beaux tapis et son lit à baldaquin, que le propriétaire, l'air ravi, leur présenta comme la *honeymoon room*.

Clotilde le surprit beaucoup en demandant un paravent et un lit supplémentaire.

— Je te laisse le grand lit, dit-elle aussitôt à Antoine, tu es plus grand que moi.

Bien sûr, Antoine protesta chevaleresquement, car le grand lit était aussi le plus confortable, mais Clotilde, bien sûr, refusa de changer d'avis.

La fenêtre était près du grand lit, et une fois ses volets sculptés ouverts, on découvrait un charmant jardin qui s'étendait jusqu'aux premières rizières.

Au loin, au milieu des herbages on apercevait d'autres petits temples, devant lesquels des gens venaient se prosterner en priant et en chantant.

— Ici, la foi est partout, dit Clotilde d'un air ravi. C'est vraiment la vallée des Dieux !

Ils restèrent tous les deux accoudés à la fenêtre, contemplant la beauté du paysage dans le soleil couchant. La fenêtre était étroite, et Antoine sentait l'épaule de Clotilde pressée contre la sienne.

Il se tourna vers Clotilde, en même temps qu'elle.

Ils se regardèrent…

Mais soudain on frappa à la porte.

Antoine alla ouvrir.

— *Some water !* dit le jovial propriétaire en apportant un broc rempli d'eau et une grande cuvette en fer-blanc, sans doute une faveur pour leur éviter d'attendre le matin avec les autres devant la salle de bains commune.

Pendant ce temps, Clotilde avait quitté la fenêtre et commencé à déballer le contenu de son sac à dos. Antoine fit de même, et la conversation reprit comme entre deux bons copains. Ils allèrent dîner dans un restaurant que leur avait trouvé Moumdalou, une petite pièce enfumée et bondée de jeunes gens affamés dans laquelle ils appréciérent un mélange local de riz, de pois cassés et d'aubergines, accompagné de brochettes de chèvres.

C'était leur premier dîner en tête à tête. Le halo de la flamme de la bougie posée sur la table, le souffle du vent contre les vitres, la présence des immenses montagnes dans la nuit au-dehors, tout cela donnait au moment quelque chose de romantique, trouvait Antoine. Il se demanda si Clotilde partageait le même sentiment.

À deux ou trois reprises, il s'aperçut que le regard de Clotilde s'attardait sur lui, avant de se détourner brusquement.

Sur le chemin du retour vers l'hôtel, Antoine sentit soudain son cœur se gonfler d'espoir. Se pourrait-il que ?… Mais non, impossible, il prenait ses rêves pour des réalités.

Une fois arrivé dans la chambre, Clotilde s'assit dans l'unique fauteuil, et pendant qu'il fermait les volets, elle lui dit :

— Antoine, il faut que je te confie quelque chose.

Antoine se retourna. Clotilde avait un sérieux inhabituel, teinté d'une pointe de tristesse. « Comme si elle craignait de me faire de la peine », pensa-t-il. Peut-être allait-elle dire : « Antoine, tu es un garçon très bien, mais n'y pense même pas, tu n'as aucune chance. » Ou bien, « tu sais la photo sur l'étagère, c'est mon fiancé ». Ou alors « En fait, je voulais que tu saches, je préfère les filles ».

— … Quelque chose que je ne dis à personne.

Mais elle le regarda droit dans les yeux et lui déclara :

— J'ai été appelée à la vie religieuse.

Antoine ressentit le besoin de s'asseoir sur son lit.

— La vie religieuse ? Tu vas devenir bonne sœur ?

— Oui, on peut le dire comme ça.

Antoine se réveilla plus tard dans la nuit.

Il entendit Clotilde soupirer de l'autre côté du paravent. S'était-elle aussi réveillée ? Et s'il allait rejoindre l'Ange dans son lit ?

Non, c'était absurde.

Avant de se coucher, Clotilde lui en avait révélé un peu plus sur sa vocation.

Elle avait expliqué qu'elle s'était déjà engagée à la pauvreté et à la chasteté. Il se souvint du dépouillement de sa chambre, elle devait sans doute reverser une partie de son salaire à une œuvre, et elle lui avait révélé que c'était le Patron qui avait payé ses billets d'avion. Dans un an, elle prononcerait ses vœux d'obéissance et entrerait alors dans une congrégation, elle deviendrait une vraie religieuse.

— Mais cela ne m'empêchera pas de pratiquer la médecine ! Je serai habillée en civil.

Il était tard, et Antoine n'avait pas eu envie d'entendre les raisons pour lesquelles Clotilde avait choisi cette voie. Il avait pensé que comme sa foi, elles seraient au fond inexplicables.

D'ailleurs, il avait remarqué que Clotilde n'avait pas dit « j'ai choisi la vie religieuse » mais « j'ai été appelée ».

« Difficile de rivaliser avec Jésus », pensa-t-il en se retournant dans son lit.

La révélation de Clotilde lui causait à la fois une souffrance et un soulagement. Une souffrance, car cela confirmait que Clotilde lui serait toujours inaccessible, idée à laquelle il croyait pourtant s'être habitué. Mais au fond de son cœur, il savait qu'il avait toujours gardé espoir, surtout depuis le début de ce voyage.

Mais aussi un soulagement, car il n'avait plus à espérer justement, et il ne risquait plus de s'exposer à un refus de Clotilde.

— Mais pourquoi ne l'as-tu pas dit aux autres ? Je veux dire à tous ceux qui ont essayé de te draguer ? avait-il demandé à Clotilde après qu'elle lui eut révélé sa vocation.

— Je ne voyais pas pourquoi ils auraient dû le savoir.

Antoine avait compris. À l'hôpital, si Clotilde avait révélé qu'elle se destinait à la vie religieuse, les autres n'auraient plus vu que cela en elle au lieu de remarquer ses compétences professionnelles.

— Et pourquoi à moi, alors ?

Clotilde avait baissé les yeux.

— Parce que… parce que je te fais confiance.

Alors pourquoi se sentait-il si triste ?

Pour essayer de se calmer, il prit son carnet et, à la lueur d'une bougie, commença à prendre des notes, un résumé de ses lectures du *Dictionnaire des religions*.

Note sur les bouddhismes car il en y a plusieurs.

Comment différencier les bouddhismes du Petit Véhicule et du Grand Véhicule ?

Si vous êtes dans un pays d'Asie où :

— on écrit avec des caractères

— on mange avec les doigts ou une cuiller

— on brûle les morts

...vous êtes dans un pays du Petit Véhicule (Theravada)

En fait, les pays sous l'influence de la culture de l'Inde, comme le Sri Lanka, la Thaïlande, la Birmanie, le Cambodge, le Laos.

Si vous êtes dans un pays d'Asie où :

— on écrit avec des idéogrammes

— on mange avec des baguettes

— on enterre les morts

... Vous êtes dans un pays du Grand Véhicule (Mahayana)

En Chine et dans tous les pays de son influence culturelle comme le Japon, le Vietnam, et la Corée, et aussi le Tibet qui a un bouddhisme particulier, nommé véhicule du Diamant, et qui est le bouddhisme qu'on trouve au Népal.

Le bouddhisme du Petit Véhicule est le plus ancien, textes fondateurs rédigés après la mort du Bouddha historique (comme les Évangiles après celle du Christ), et écrits en pâli, une langue très ancienne de l'Inde.

Le bouddhisme du Grand Véhicule est apparu quatre siècles plus tard, au début de l'ère chrétienne avec de nouveaux écrits en sanskrit, une autre langue ancienne de l'Inde.

Bien sûr, le terme de Petit Véhicule a été inventé par ceux du Grand Véhicule, ce qui n'a pas plu aux premiers. Aujourd'hui, pour ne pas vexer ceux du Petit Véhicule on le nomme Theravada – bouddhisme des Anciens.

Différence entre les deux.

Dans le bouddhisme des Anciens, l'idéal est de sortir du cycle des réincarnations, et d'atteindre enfin le Nirvana, l'extinction. Il vous faudra plusieurs vies pour arriver à ce terme, dont au moins une comme moine. Tout le monde ne pourra pas y parvenir. Par ailleurs vous ne pouvez pas grand-chose pour le salut des autres, sinon les encourager à suivre la même Voie.

Dans le Grand Véhicule, l'idéal est d'arrêter votre cycle des réincarnations juste avant d'atteindre le Nirvana. Vous deviendrez ainsi un Bodhisattva, une sorte de saint d'une sagesse et d'une compassion infinie, et par votre grâce et vos mérites, vous allez tirer les autres pauvres mortels vers l'Éveil. Le Grand Véhicule est appelé ainsi, car il veut embarquer beaucoup de monde dans son véhicule en route vers l'Éveil.

Attention, ne pas confondre l'Éveil – la perception de la réalité ultime, Bouddha accède à l'éveil à la trentaine et commence à prêcher – et le Nirvana, l'extinction, la fin des renaissances.

Antoine réfléchit. Il se demanda si cet idéal plus communautaire, et plus égalitaire du Grand Véhicule, pouvait expliquer que le communisme avait pu s'implanter durablement dans les pays qui le pratiquaient, comme la Chine et le Vietnam.

Au milieu d'une place, un grand dôme surmonté d'une mince pyramide dorée, haute comme un clocher, le grand stoupa de Boudhanath.

— Attention, il faut marcher dans le bon sens ! dit Clotilde en leur faisant faire volte-face. Ils avaient commencé leur premier tour du stoupa, quand Clotilde s'était souvenue qu'il faut toujours marcher autour d'un stoupa dans le sens des aiguilles d'une montre, autrement cela pouvait nuire à votre karma.

Sur chaque face du socle carré du stoupa étaient peints deux grands yeux asiatiques, avec une divine courbure de la paupière qui masquait à demi la pupille, le regard du Bouddha qui ne vous quittait pas pendant que vous accomplissiez vos tours.

De leur promenade circulaire, Antoine et Clotilde avaient une vue sur les maisons qui bordaient la place, et avec leurs couleurs roses et beiges et leurs balcons sculptés, elles rappelaient à Antoine la grand-place d'une petite ville d'Italie, Sienne, où était née une grande mystique, la justement nommée Catherine de Sienne. Dans la *honeymoon room*, il avait lu la veille dans son dictionnaire qu'elle avait écrit de beaux poèmes à la suite de ses extases.

Au-dessus d'eux, le ciel était d'un bleu profond comme s'ils étaient déjà en haute montagne. Le regard peint du Bouddha semblait vivant, et marcher autour du stoupa avec l'Ange à ses côtés donna à Antoine un sentiment de paix.

Était-il sur le point d'abandonner tout désir, cause fondamentale de toute souffrance et des perpétuelles renaissances dans cette vallée de larmes ?

D'autres hommes et femmes marchaient avec eux. Ces fidèles étaient tous asiatiques, il n'y avait guère de touristes à cette heure matinale. Antoine aperçut quelques moines tibétains en rouge sombre, tout à fait semblables à ceux dont il gardait le souvenir depuis qu'il avait lu *Tintin au Tibet*. Moumdalou avait expliqué que la plupart des familles qui vivaient dans ce quartier étaient des réfugiés tibétains, qui avaient apporté avec eux les grands moulins à prières de bronze alignés à l'entrée de la stoupa, que Clotilde et lui avaient fait tourner avant de commencer leur marche.

Antoine s'était demandé quelle prière Clotilde avait faite en lançant la rotation du moulin à prières : retrouver le Dr Chin ? Revivre son extase ? La santé pour un proche ?

Lui se souvenait avec gêne de la sienne, que Clotilde avait peut-être devinée.

Pour cette deuxième journée, Clotilde avait tiré ses cheveux en une sage queue-de-cheval, comme par respect pour le lieu dont elle avait dit à Antoine qu'il était « chargé de spiritualité », expression qui le laissait dubitatif

Moumdalou les avait laissés seuls, il les attendait plus bas sur la place en discutant avec une petite fille qui vendait des cacahuètes grillées. Elle et lui étaient de religion hindoue, comme la plupart des habitants de la ville. Car même si Bouddha était né dans ce pays, sa religion n'y avait pas connu le plus grand succès, elle était allée se répandre ailleurs, comme le christianisme qui était devenu très minoritaire dans la région du monde où Jésus était né.

C'était une des nombreuses ressemblances entre l'Éveillé et le Nazaréen qu'Antoine avait commencé à remarquer au fil de ses lectures et de ses conversations avec Clotilde.

Bouddha - Jésus : Ressemblances.

— Ils n'ont rien écrit, ils ont laissé leurs disciples le faire après eux.

— Tous deux se sont retirés au désert où le Diable les a exposés à la tentation. Satan pour Jésus, Mara pour Bouddha.

— Ils ont donné naissance à une doctrine égalitaire entre les hommes : seuls les actes comptent, pas la naissance ni le statut social.

Bouddha acceptait des disciples de toutes origines, même ceux des castes les plus inférieures.

Jésus recrute des pêcheurs, un percepteur, un charpentier et cite en exemple un bon Samaritain, alors qu'à l'époque en Israël les Samaritains n'étaient même pas considérés comme de vrais juifs, un peu comme les Intouchables de la religion hindoue.

Les deux ont accepté des femmes parmi leurs disciples – pas seulement des femmes de bonne condition, mais aussi des mendiantes ou d'anciennes courtisanes.

Antoine se promit de décrire ensuite les différences entre les deux doctrines, mais cela lui parut d'avance un exercice plus difficile.

Finalement au dixième tour de stoupa, Antoine osa.

— Clotilde, cette photo sur ton étagère…

— Ah ! Tu l'as remarquée.

Ils marchèrent quelques pas en silence.

— C'est mon frère, dit Clotilde.

Et Antoine eut le pressentiment qu'une histoire tragique se cachait derrière cette photo, l'unique portrait dans la chambre de Clotilde.

— Tu as cru que c'était un fiancé ?

— Oui, dit Antoine, je suis désolé.

— Non, je comprends.

Encore un autre tour de stoupa et puis :

— Il a disparu.

Antoine cherchait à dire quelque chose d'approprié, il se sentait honteux d'avoir eu des pensées futiles sur un sujet aussi tragique. Mais Clotilde continua de parler :

— … il faisait une croisière avec des amis sur un petit voilier en mer d'Iroise. C'était la nuit, il était sur le pont avec deux camarades, d'autres dormaient à l'intérieur du bateau. Un gros chalutier qui devait surveiller ses filets a viré brutalement sans les voir et les a pris par le travers… Pendant que le bateau sombrait mon frère est descendu dans la cabine pour aider les autres à en sortir. La deuxième fois, il n'est pas remonté…

Le jeune homme sur la photo, jusque-là un rival, lui devint soudain si sympathique qu'Antoine se sentit ému en pensant à son courage, à son sacrifice, et à la détresse de sa famille.

Encore un malheur qui faisait s'interroger sur l'existence d'un Dieu d'amour et tout-puissant, se dit-il pour calmer son émotion. Et pourtant Clotilde avait gardé la foi.

— Je l'admire, dit Antoine, et toi aussi.

— Lui, je comprends, mais moi, pourquoi ?

Antoine allait répondre, mais quelqu'un le tira par la manche.

C'était un moine, ou plutôt un moinillon, car il paraissait à peine plus âgé que Moumdalou.

Il souriait à Antoine en clignant des yeux, son petit visage levé vers la lumière du soleil.

— Il veut une offrande ? demanda Clotilde.

Clotilde savait que les moines ne doivent vivre que d'offrandes, et le matin ils s'en vont par les rues et par les champs pour faire remplir leurs bols par les fidèles. Mais ce moinillon ne tenait pas de bol.

— *Doctow ? Doctow ?* dit-il soudain.

Comment savait-il qu'ils étaient *doctow* ?

— *Yes,* dit Antoine.

— *Come, come,* dit le moinillon en l'entraînant par la manche.

Antoine commença à le suivre, Clotilde aussi, mais le moinillon se retourna vers elle et dit *No ! No !*

— Il ne veut pas que je vienne ?

— *Sowy, sowy !* dit le moinillon avec un sourire désolé, mais un geste ferme de sa petite main qui signifiait que Clotilde n'était pas invitée.

— Il doit être envoyé par le Dr Chin. *Doctow Chin* ? demanda-t-elle au petit moine.

Mais celui-ci répéta *sowy, sowy* entraînant Antoine à sa suite, et laissant Clotilde attendre son retour.

En s'éloignant, Antoine vit qu'elle avait recommencé un tour de stoupa, la tête baissée, songeuse.

L'endroit était obscur. Le petit moine avait guidé Antoine par l'entrée d'une maison, qui s'ouvrait sur une cour, qui donnait sur autre maison dont la porte était ouverte, puis il avait perdu le compte des maisons et des cours qu'ils avaient traversées. Chaque cour révélait des habitants différents : une ou deux chèvres très cornues en train de brouter, une famille réunie sur une natte autour de son repas, plusieurs moines en train d'en écouter un autre, et finalement cette maison, ce couloir, où on n'y voyait goutte et où il se guidait en entendant les pas du moinillon devant lui.

Et maintenant un vieux moine lui parlait en tibétain, son visage juste éclairé par une lampe à huile. Le moinillon traduisait, mais son anglais était au niveau de celui de Moumdalou, et sa prononciation moins bonne.

— *Doctow Chin gowl. Hide. Chinese bad awound. Namjang. Namjang. Sekwet, sekwet.*

— *And the tea ?* demandait Antoine.

— *Gowl, gowl.*

Antoine fit le geste de boire, pour évoquer le thé. Le vieux moine eut l'air de ne pas comprendre. Il était affreusement maigre, les joues creuses, les yeux brillants au fond des orbites, et sa main, dans la lumière de la bougie, n'était plus que peau sur les os. Était-il gravement malade, ou était-ce le résultat d'un jeûne ?

À l'autre bout de la pièce, une autre lampe luisait, et rassemblés autour d'elle Antoine vit d'autres moines, plus jeunes, en train de dessiner sur le sol avec du sable un magnifique dessin géométrique et multicolore. Grâce à son *Dictionnaire des religions*, il reconnut une *mandala*, une représentation de l'univers bouddhiste. Il savait que, terminée, la *mandala* serait vite balayée, son sable recueilli dans une urne et ensuite répandu dans un cours d'eau, comme un symbole de la nature éphémère et cyclique du monde. C'était une manière éclatante de mettre en accord ses croyances et ses actions : détruire ses propres œuvres d'art – et non pas celles des religions des autres.

Le vieux moine fut secoué d'une terrible quinte de toux, il n'avait lui-même pas l'air très loin de sa disparition et de sa renaissance. Avait-il une tuberculose ou un cancer, se demandait Antoine, les deux raisons les plus probables de tousser et de maigrir en même temps ?

— *Do you need a Doctow ?* demanda Antoine pour suggérer une aide médicale.

Le vieux moine fit un geste de la main comme pour dire que ce n'était pas le sujet. Il se mit à répéter *Namjang, Namjang* et comme le moinillon traduisait par *Namjang, Namjang*, Antoine comprit que c'était un nom propre. D'un lieu, d'un dieu, d'un breuvage ? Finalement le vieux moine eut un soupir las et il fit signe au moinillon. Celui-ci se leva, pour aller chercher un meilleur interprète, pensa Antoine. Il ouvrit une porte qui donnait sur une cour ensoleillée.

Dans l'encadrement, Antoine eut la surprise de voir apparaître en contre-jour la silhouette de Clotilde. Le vieux moine l'avait-il envoyé chercher en pensant qu'elle était plus douée que lui pour les langues ?

Clotilde s'avança, la porte se ferma derrière elle, elle s'approcha.

Quand elle fut dans la lumière de la lampe, Antoine découvrit que ce n'était pas Clotilde, mais un autre ange presque identique, celui-là fait d'un bronze sombre, sur lequel se détachait le blanc brillant de ses yeux et de ses dents, et les paupières de cet ange avaient la double courbure de celles du Bouddha lui-même.

Il se demanda si elle était réelle ou divine, et si c'était encore un des effets tardifs du thé.

Antoine écoutait Tara – car tel était son nom – en lui jetant de brefs coups d'œil pour continuer de s'assurer de sa réalité...

Elle traduisait les propos du vieux moine dans un anglais d'Oxford, tandis qu'Antoine aurait surtout voulu lui demander qui elle était, d'où elle venait, pourquoi elle parlait si bien anglais, et si elle était libre pour lui faire découvrir la ville. « Et Clotilde ? » lui dit une petite voix intérieure. Mais Clotilde lui était inaccessible, et loin de lui à cet instant, l'Éveillé n'avait-il pas dit lui-même qu'il fallait vivre l'instant présent ? Il remarquait toutefois que Tara avait la même assurance que Clotilde, que comme elle, elle semblait ne pas lui prêter attention, lui qui aurait pu pourtant lui apparaître comme un mystérieux étranger.

En fait, depuis le début de ce voyage, la seule qui avait paru intéressée par sa personne était Noémie, la petite brune rieuse au sari transparent.

Il s'en voulut de ces préoccupations futiles, et tâcha de se concentrer sur ce que Tara traduisait du discours du vieux moine.

Le Dr Chin était arrivé en ville trois jours auparavant. Il avait retrouvé son ami le vieux moine. Mais tous deux avaient dû se cacher car des Chinois inconnus avaient été remarqués dans les parages. N'étant clairement ni des touristes ni des hippies, il s'agissait certainement d'espions. Voilà pourquoi le moine s'était retiré dans cette demeure obscure, gardé par d'autres moines. Il était l'un des rares détenteurs encore vivant du secret de la fabrication du thé, ainsi que le Dr Chin à qui il l'avait révélé durant leurs longues heures à creuser des fossés du temps de la Révolution culturelle.

La veille, le Dr Chin avait quitté la ville en direction des montagnes.

— Mais où exactement ?

— Namjang, répondit Tara.

Un hameau dans la montagne, où il comptait rester jusqu'au départ des espions chinois.

— Mais pourquoi s'intéressent-ils tant à votre thé ? demanda Antoine, qui avait déjà une idée de la réponse, mais voulait un avis autorisé.

Le vieux moine expliqua que depuis que les autorités chinoises du Tibet avaient découvert l'existence de ce thé, il était devenu une priorité pour elles d'en empêcher la diffusion et de faire disparaître les détenteurs du secret de sa fabrication. Le gouvernement central de Pékin craignait que son usage se répande au-delà de quelques moines, dans la population du Tibet, puis de la Chine, ce qui rendrait le pays ingouvernable. L'introduction de l'opium au siècle dernier avait été une catastrophe pour leur pays, et ce thé leur apparaissait comme une menace encore plus grande. Comment faire obéir des hommes qui non seulement croient en un autre monde, mais ressentent son existence de tout leur être ? De tels croyants ne seraient plus attachés à la vie terrestre, ils n'auraient plus peur de rien, et en particulier de l'autorité du Parti.

— Mais ce n'est pas ce que vous souhaitez ? demanda Antoine au vieux moine.

Les Tibétains avaient des raisons de souhaiter la faillite du gouvernement de Pékin, et répandre l'usage de ce thé aurait pu être une manière de créer de grands désordres, voire une rébellion.

Mais Tara traduisit que le vieux moine ne souhaitait pas cela. Le Tibet retrouverait un jour une autonomie, mais par des moyens pacifiques, comme le demandait depuis toujours le Dalaï-Lama. Le thé devait rester réservé à quelques rituels, accessibles seulement aux moines qui s'y étaient préparés. Mais les Chinois étaient cependant prêts à tout pour s'en emparer.

— *But until now, they haven't got any fucking bit of it !* dit soudain le moine avec un grand sourire édenté. Il paraissait très content de ce bon tour joué aux Chinois.

Antoine était surpris : pourquoi le vieux moine n'avait-il pas parlé en anglais depuis le début ?

Le vieux moine répondit que son anglais n'était plus si bon, qu'il se sentait rouillé et que parler une langue étrangère le fatiguait, et que ces temps derniers il essayait de ne pas se fatiguer quand il pouvait l'éviter.

Antoine comprit que c'était une manière polie de lui donner le signal du départ.

— Et si je voulais à nouveau vous contacter ? demanda-t-il au vieux moine.

Tara traduisit qu'il n'avait qu'à aller faire un tour de stoupa – dans le bon sens, précisa le moine – et alors quelqu'un viendrait le chercher.

Antoine s'attendait à ce que le moinillon vienne l'accompagner car il savait qu'il aurait de la peine à retrouver son chemin à travers le dédale de maisons et de cours.

Mais après un bref échange avec le vieux moine, et une approbation de celui-ci, Tara se leva en même temps que lui, et lui fit comprendre qu'elle serait son guide.

Arrivés sur la place, ils avaient aperçu Clotilde et Moumdalou assis à la terrasse d'un petit café et les avaient rejoints.

Tara leur avait expliqué qu'elle était d'origine tibétaine mais avait passé la plus grande partie de sa vie en Angleterre. Elle était arrivée à Katmandou six mois auparavant.

— Et pourquoi êtes-vous revenue vivre ici ? avait demandé Clotilde.

— Je voulais devenir nonne.

Antoine se sentit pris d'un fou rire, qu'il transforma en un terrible accès de toux, ce qui inquiéta Tara.

— Vous vous sentez bien ?

— Oui, oui... j'ai juste avalé de travers, souffla-t-il.

Clotilde lui adressa un regard sévère.

Mais elle aurait pu être indulgente : c'était la deuxième jeune fille attirante en moins de douze heures qui lui révélait qu'elle se destinait à la vie religieuse !

Était-ce une voie détournée du Seigneur pour l'appeler lui aussi à la vocation ?

Pendant qu'il réprimait un nouvel accès de fou rire, Clotilde et Tara continuaient de converser, comme si elles se connaissaient déjà depuis toujours. Et bien sûr Clotilde révéla aussi simplement à Tara qu'elle se destinait également à la vie religieuse. Un sourire illumina le visage de Tara.

Les deux jeunes filles n'avaient pas l'air de s'apercevoir de leur étrange ressemblance physique, et pourtant, en pleine lumière, on aurait dit deux sœurs sculptées dans deux marbres différents.

Moumdalou, lui, avait remarqué cette ressemblance, et il restait muet de stupeur en regardant les deux anges converser.

Ils avaient commandé des *lassi*, cette sorte de yaourt très liquide qu'il est possible de savourer avec appétit tant que l'on n'a pas vu la cuisine où on l'a préparé.

Nonne, quel dommage pensait Antoine. Il avait déjà vu passer quelques nonnes bouddhistes, leur crâne rasé comme celui des moines.

— Mais j'hésite, dit Tara.

— Vous n'avez plus envie d'être nonne ? demanda Antoine.

— Si je deviens nonne ici, je ne pourrai jamais être ordonnée, comme les moines.

Et Tara expliqua qu'au Tibet, les moines n'acceptaient pas l'ordination des femmes.

— On a le même problème chez nous les catholiques, dit Clotilde.

— Alors je me demande si je ne vais pas aller à Taiwan, dit Tara, car là-bas l'ordination des nonnes est possible. Ou au Sri Lanka, mais ce n'est pas le même bouddhisme.

Tara leur raconta sa vie et l'histoire de son pays perdu. Elle était née au Tibet, son père avait fait des études de médecine en Angleterre, avant de revenir dans son pays pour soigner ses concitoyens. Mais un jour, en Chine, le Grand Timonier avait estimé qu'il fallait mettre fin une fois pour toutes au régime obscurantiste des moines et instaurer le Progrès. La vraie raison était qu'il ne voulait pas laisser un vaste territoire voisin de la Chine rester indépendant et risquer de tomber sous l'influence de l'Inde ou d'autres puissances ennemies. Les Tibétains étaient d'abord parvenus à négocier un peu d'autonomie et de liberté religieuse, le très jeune Dalaï-Lama avait rencontré le président Mao qui lui avait parlé paternellement, en expliquant que la confiance et l'amitié pouvaient régner entre leurs deux pays. Mais après quelques années les Tibétains avaient fini par se révolter contre ce qui était devenu une occupation, le Dalaï-Lama avait dû s'enfuir, et l'Armée de Libération du Peuple était entrée en action. L'absence de journalistes sur place pour témoigner, le prestige international du président Mao, l'idée répandue qu'il s'agissait de faire avancer une théocratie arriérée sur la voie du progrès, avaient permis aux canons chinois d'opérer en toute liberté.

Le père de Tara avait continué de soigner ses concitoyens, mais un jour la police avait commencé à lui reprocher ses relations avec des Tibétains en exil, et il avait compris qu'il était temps de quitter son pays avec son épouse et Tara alors toute petite fille. Mais ils s'y étaient pris un peu tard, et franchir les plus hautes montagnes du monde n'avait pas été facile, surtout avec des gardes-frontières qui vous tiraient dessus. La petite Tara s'était retrouvée seule avec son père.

Il l'avait emmenée en Angleterre, où d'anciens camarades d'études les avaient aidés. Arrivée à l'âge d'aller à l'université, Tara avait étudié la littérature et l'histoire, puis le bouddhisme, ne faisant pas le bonheur de son père qui aurait préféré qu'elle s'oriente vers le droit ou la finance et se trouve un bon mari parmi ses camarades d'études.

Ses diplômes obtenus, Tara avait voulu retrouver ses racines. Mais elle ne pouvait plus revenir au Tibet avec un passeport britannique portant le nom de son père, fiché comme un ennemi du peuple. Alors elle était venue au Népal, d'où elle pouvait contempler les cimes de son pays et rencontrer des concitoyens, dont de nombreux moines et nonnes.

Il y eut un silence. Antoine et Clotilde se sentaient intimidés par une personne qui avait été éprouvée par les tragédies de l'histoire, alors qu'eux en avaient été jusque-là préservés. Et puis soudain Clotilde prit la main de Tara et lui dit en la regardant.

— Quelle chance de t'avoir rencontrée !

Tara lui sourit, et dit « pour moi aussi ».

Et Antoine eut l'impression qu'il pouvait laisser ces jeunes filles se parler et se regarder comme s'il n'avait pas été là, elles n'avaient pas l'air de faire plus attention à lui qu'à Moumdalou. Le petit garçon s'était enfin mis à boire son *lassi* sans toutefois quitter Clotilde et Tara des yeux, comme dans l'attente d'un miracle imminent qu'il n'aurait pas fallu manquer.

Puis, Clotilde et Clara s'en étaient allées faire quelques tours de stoupa, peut-être pour remercier l'Éveillé ou Jésus de leur rencontre, ou simplement pour discuter tranquillement entre filles.

Moumdalou était parti retrouver la petite vendeuse de cacahuètes et Antoine se retrouva seul à sa table.

Il commanda un autre *lassi*, et ouvrit son petit carnet.

« Voilà, se disait-il, je ne suis plus que le scribe de cette histoire. »

Il commença à noter deux réflexions que lui avaient inspirées les paroles de Tara et de Clotilde sur les différences entre bouddhisme et christianisme.

Jésus - Bouddha suite

Tous les deux ont traité de haut les rites de la religion dans lesquels ils sont nés. Bouddha déclare à ses disciples que sacrifier des animaux, rituel si important pour l'hindouisme – sa religion de naissance, est tout à fait inutile et même nuisible.

Jésus répond au docteur de la Loi que parmi le vaste menu des 613 commandements du Deutéronome, les deux vraiment importants sont d'aimer Dieu de toute son âme, et son prochain comme soi-même, ce qui ne nécessite pas des années d'étude.

— Hello !

Antoine releva la tête.

C'était Noémie, la petite brune rieuse. Elle avait aperçu Antoine et lui souriait. Noémie était cette fois pudiquement vêtue d'un T-shirt et d'un short qui montrait qu'elle avait de très jolies jambes, car elle était petite mais admirablement proportionnée, constata Antoine. Elle marchait en compagnie de Thor, lui-même vêtu d'un sari, et qui semblait osciller légèrement sur ses grandes jambes, comme prêt à s'envoler.

Antoine les invita à venir s'asseoir en sa compagnie.

Ils commandèrent de nouveaux *lassi*.

— Mais qu'es-tu venu faire ici ? demanda Noémie.

Quel plaisir de sentir le chaud regard d'une fille qui s'intéresse à vous, pensait Antoine. Elle avait de charmantes paillettes dorées dans ses prunelles.

— Découvrir le pays.

— Tu n'as pas l'air d'un touriste, et tu n'es pas non plus un hippie, ça se voit !

Et elle rit de toutes ses jolies dents.

— Je croyais qu'il n'y avait plus de hippies, dit Antoine. Ils ont disparu ici dans les années quatre-vingt, non ?

— Oui, on peut dire ça, mais même si on ne les appelle plus comme ça, il y a encore beaucoup de jeunes qui suivent le même genre de parcours. Nous, ça fait deux ans qu'on vit ici.

— Mais c'est la fin ! dit brusquement Thor, qui en fait s'appelait Karsten.

— La fin ?

Karsten le regarda et dans ses yeux, Antoine lut une sorte de désespoir.

— Oh, il ne faut pas exagérer, dit Noémie, c'est sympa de vivre ici.

— J'étais content de ne pas produire..., commença Karsten.

— C'est vrai qu'on ne travaille pas vraiment...

— Ne pas participer à ce système de production de merde qui aliène les gens et couvre le monde de ses ordures...

Karsten semblait passer progressivement du désespoir à la colère.

— ... J'étais fier de ne pas travailler ! dit-il en se frappant le torse.

— Sa famille lui en voulait beaucoup, ce ne sont pas des rigolos, précisa Noémie.

— ... mais à quoi bon ? continua Karsten, le regard à nouveau vague. À quoi bon ?

Il se tut, comme un homme frappé par une évidence qu'il ne peut expliquer. Apercevant le jeune serveur, il commanda une bière.

— Si tôt, tu ne devrais pas, dit Noémie.

Karsten haussa les épaules. Puis comme s'il se sentait brusquement offensé, il se leva et se dirigea vers la stoupa. Peut-être avait-il réalisé que quelques tours de bon matin lui feraient meilleur effet qu'une bière du pays, pourtant brassée avec l'eau des montagnes ?

— Pourquoi est-il si triste ? demanda Antoine.

— Sa famille lui a coupé les vivres... Et puis il a beau avoir tout essayé, il n'arrive pas à sentir la présence du divin, l'éveil ou Dieu, une nouvelle conscience, quoi.

Antoine se dit que Karsten aurait été intéressé par le thé du Dr Chin.

Le serveur avait apporté la bouteille de bière qu'il avait commandée. Elle restait telle une orpheline sur la table, couverte de buée, et Antoine évitait de la regarder, car elle lui faisait envie, mais il ne voulait pas boire dès le matin.

— Et toi ? demanda-t-il à Noémie.

— Oh moi, je crois que je suis un peu moins… obsédée par ça. Je trouve merveilleux de vivre ici, les gens sont si gentils. Et Karsten est très sympa avec moi… Et puis même si c'est moins facile d'en trouver qu'avant, j'adore fumer…

— Moins facile qu'avant ?

Noémie expliqua que pendant longtemps, les étrangers qui arrivaient à Katmandou pouvaient acheter toutes les drogues qu'ils voulaient, il se tenait même un véritable marché ouvert dans une rue bien connue des amateurs. Mais à la fin des années soixante-dix, les ambassades étrangères s'étaient peu à peu lassées d'avoir à rapatrier des jeunes gens de leurs pays, ruinés et détruits par la drogue. Les gouvernements étrangers avaient alors insisté auprès des autorités du Népal pour que le commerce de drogue soit interdit. Le fameux marché avait alors été fermé, et le commerce et la consommation étaient devenus officiellement punissables.

— Évidemment, ça a tout changé, et c'est pourquoi Katmandou n'est plus le Katmandou de ces années-là, mais le monde non plus d'ailleurs ! Mais il reste le hasch, ici ça pousse comme de l'herbe. En se débrouillant on en trouve toujours… et les champignons aussi !

— Les champignons ?

— *Magic mushrooms*, ils sont pleins de psilocybine, ça fait le même effet que mescaline.

Antoine savait à quoi Noémie faisait allusion, la préparation de ses examens lui avait donné une bonne connaissance livresque des drogues. Il prit l'air entendu qui pouvait laisser croire qu'il avait expérimenté ces champignons. Il ne voulait pas avoir l'air d'un garçon trop sage aux yeux de Noémie.

— Je ne savais pas qu'on trouvait des champignons par ici, dit-il.

— Mais si, tu verras, on pourra essayer. Et même ils poussent sur les vieilles bouses de vache, c'est rigolo !

Et Noémie partit d'un charmant fou rire, elle avait dû fumer au petit déjeuner. Puis elle demanda à Antoine :

— Et toi, qu'est-ce que tu faisais avant d'arriver ?

Antoine expliqua, sans faire allusion au Dr Chin et au but de leur voyage.

— La psychiatrie, c'est très sérieux ! Tu crois que tu pourrais me psychanalyser ?

— Je ne sais pas si je pourrais rester assez neutre, plaisanta Antoine qui commençait à trouver Noémie de plus en plus charmante. Elle lui sourit.

— Tiens, vous vous êtes retrouvés !

C'était Clotilde, qui avait l'air amusée. Antoine se dit que dans un monde parfait, Clotilde aurait été contrariée de le voir discuter avec Noémie, mais il n'en était rien, bien sûr. Derrière elle, son double d'une autre couleur, Tara, parlait à Moumdalou.

— Bon, il faudrait quand même aller chercher le Dr Chin, dit Clotilde.

Elle souriait toujours, mais cette fois dans son ton, Antoine sentit une once de contrariété.

— Le Dr Chin ? demanda Noémie.

— Enfin, vous voilà ! dit une voix désagréable.

Vêtu comme un touriste, avec un chapeau de pluie kaki, une chemise encore marquée des plis du repassage, un pantalon avec de nombreuses poches, et de magnifiques chaussures de montagne en nubuck, toutes neuves : c'était Armand.

Et derrière lui, deux hommes aux cheveux très courts, en blouson, mais portant dessous chemise blanche et cravate. Ils rappelèrent à Antoine les Témoins de Jéhovah, mais ils semblaient n'avoir aucune brochure à distribuer, et n'avaient pas l'air cordial. Des employés de l'ambassade ?

— Vous savez où se trouve le Dr Chin ? demanda Armand.

— Non, autrement on ne resterait pas là à rien faire, dit Antoine.

— Si vous venez avec nous, dit Armand, vous le trouverez, nous pouvons monter une expédition.

— Une expédition ?

— Oui, pour aller le chercher dans la montagne.

— Qu'est-ce qui vous dit qu'il est dans la montagne ?

Armand, sans demander la permission, s'assit à la table voisine de celle d'Antoine pour continuer la conversation. Ses deux accompagnateurs restaient debout, et examinaient la place tout autour d'eux. Armand était-il devenu important au point d'avoir besoin de gardes du corps ? Car malgré leur costume civil, ils avaient plus l'air de militaires que de diplomates.

— Nous avons examiné la photo prise par le Dr Chin, dit Armand.

— C'est donc vous qui l'aviez subtilisée ! dit Clotilde.

Armand haussa les épaules sans prendre la peine de répondre.

— Malheureusement, il y a des dizaines de petits temples dans ce genre-là dans la montagne, alors on a une idée du secteur, mais pas de l'endroit précis.

— Exactement comme nous, dit Antoine.

— Non, je ne vous crois pas, dit Armand. Mais avec notre aide vous pouvez arriver jusque-là.

— Et qui c'est « nous » ?

— Oh pardon, dit Armand.

Armand présenta les deux hommes, Ron et Jeffrey, employés par le laboratoire pharmaceutique préféré d'Armand, dont le siège se trouvait aux États-Unis.

— On n'a aucun signe du Dr Chin, dit Antoine. Désolé pour vous.

— Vous avez besoin de notre aide, insista Armand.

— Je ne vois pas pourquoi.

Armand se pencha vers lui, et sur le ton de la confidence :

— Des espions chinois sont arrivés en ville. C'est vous qu'ils cherchent, et le Dr Chin.

— Vous savez cela par Ron et Jeffrey ?

— Oui, ce sont des gens très utiles, et qui ne demandent qu'à vous aider.

— Mais nous n'avons pas besoin d'aide.

— Où logez-vous ? questionna Armand.

— Ça ne vous regarde pas ! dit Antoine un peu plus sèchement qu'il n'aurait voulu.

Armand l'irritait de plus en plus en lui parlant sur le ton du commandant, comme si les règles de la hiérarchie médicale s'appliquaient toujours sur cette place.

— Armand, vous ne devriez même pas être ici, renchérit Clotilde. Vous n'avez rien à faire dans ce monde, dit-elle en désignant la stoupa. Retournez à votre bureau classer vos revues.

Le visage d'Armand s'empourpra :

— Si vous ne coopérez pas avec nous, je peux vous faire arrêter par la police !

Aucun doute, cette histoire de thé et de nouvelle molécule rendait Armand un peu fou, comme un chercheur d'or qui voit luire des paillettes au fond d'un trou.

— Nous arrêter ? Et pour quelle raison ?

— Vous vous rendez complices d'un trafic de stupéfiants, avec le Dr Chin, dit Armand d'un air satisfait.

Antoine sentit que cette menace avait été réfléchie, Armand n'improvisait pas, mais sous le coup de la colère, il avançait trop vite un argument qu'il n'aurait dû révéler qu'après d'autres tentatives plus amicales.

— Trafic de stupéfiants ? Ça ne tiendrait pas debout.

— Les États-Unis sont très influents ici, dit Armand en anglais pour que les Américains suivent mieux la conversation.

Ron et Jeffrey approuvèrent de la tête en souriant, comme pour dire que c'était une évidence.

— Armand, laissez-nous tranquilles, dit Antoine. *Please, gentlemen, leave us alone*, dit-il à l'attention de Ron et Jeffrey.

— Nous comprenons le français, dit Ron avec un léger accent. Je crois que vous devriez nous dire où se trouve le Docteur Chin.

— Mais pourquoi ? Vous n'êtes pas la police.

Jeffrey sortit un talkie-walkie et le montra à Antoine.

— Si j'appelle, la police arrive.

— On s'en va, dit Clotilde.

Mais comme elle se levait, Ron lui bloqua le passage. Elle voulut le contourner, mais il lui saisit le bras.

Elle se dégagea avec colère.

— Non mais, vous êtes fous !

— Ne la touchez pas, dit Noémie, en repoussant brutalement Ron, qui comme par réflexe lui fit une clé de bras et l'immobilisa.

— Vous me faites mal, idiot, cria Noémie, et Ron relâcha sa prise.

Antoine s'était levé d'un bond, cherchant Karsten du regard. Il l'aperçut qui arrivait d'un pas pressé, qui faisait flotter son sari derrière lui. Il se dirigeait droit sur Noémie et Ron, qui ne l'avait pas encore remarqué.

— Armand, rappelez vite vos pharmaciens, dit Antoine.

Armand semblait désemparé, même Ron et Jeffrey semblaient hésiter, la situation s'était détériorée, avec la colère d'Armand et le mauvais réflexe de Ron.

Karsten arrivait, naseaux fumants, et une bagarre semblait inévitable.

Dans ce cas, la police débarquerait réalisant la menace d'Armand.

Mais Ron relâcha Noémie qui alla se jeter dans les bras de Karsten, comme pour s'y réfugier, mais aussi pour l'arrêter.

Jeffrey alluma son talkie-wakie.

— Attendez, lui dit Armand, affolé, on peut encore discuter avec eux.

Pendant tout ce temps, Antoine n'avait pas fait attention à Tara, mais soudain un moine arriva près de leur groupe, puis deux, puis trois, puis une multitude de moines, qui entourèrent Armand et ses deux sbires.

Les moines n'avaient pas l'air menaçants, mais ils n'étaient pas très souriants non plus, et ils étaient nombreux, certains tenaient de grands bâtons de marche.

— On s'en va, dit Tara.

Antoine eut une dernière vision du visage rouge de colère d'Armand et de ses deux accompagnateurs, au-dessus d'une petite foule de moines qui les regardaient s'éloigner en souriant.

Deuxième nuit dans la *honeymoon room.*

Clotilde était allée se coucher de l'autre côté du paravent et avait éteint sa lampe sans prononcer un mot.

Antoine lui avait demandé si quelque chose n'allait pas, mais Clotilde avait répondu qu'elle voulait juste dormir car demain il allait falloir se lever tôt.

C'était vrai.

Mais Antoine n'arrivait pas à dormir.

Alors il n'éteignit pas sa lampe et ouvrit son carnet pour prendre des notes. La conversation du dîner avait aussi été assez élevée, et le bouddhisme avait été son objet, grâce aux lumières de Tara, bien sûr, mais aussi enrichies par les remarques et les questions de Karsten et Noémie qui, au long de leur itinéraire de Bénarès à Katmandou, avaient eu beaucoup de temps libre pour se faire une vraie culture sur le sujet.

Surprise : dans son carnet il trouva l'écriture de Clotilde !

J'espère que tu ne seras pas choqué que j'ai lu ton carnet, mais je savais que ce n'était pas un journal intime : tu prenais des notes sous mes yeux, et là je l'ai trouvé ouvert sur ton lit. J'ai eu envie de m'inviter dans tes pages : ça permet d'aller plus vite. Car parfois je n'ai pas envie de conversations théologiques, au fond j'ai l'impression que cela n'a pas vraiment d'importance face à l'expérience de la foi et de l'amour de Notre Seigneur.

Tu as bien noté les ressemblances entre bouddhisme et christianisme, mais comme je te le disais il y a des différences radicales de doctrine.

La plus fondamentale, d'abord : Jésus est Dieu qui s'est fait homme. Le Bouddha historique est un être humain.

En fait ce n'est pas si simple : dans le bouddhisme Grand Véhicule, donc celui de Tara (car le bouddhisme tibétain est un courant du Grand Véhicule), le Bouddha nous a laissé une Loi transcendante, le

Dharma donc en fait il est aussi lui-même transcendant, et la nature de Bouddha est en chacun de nous, un peu comme le Royaume des Cieux est en nous.

Et il suffit de voir que dans les temples et les pagodes, même celles du Petit Véhicule, les gens ne se contentent pas de méditer : ils prient et font des offrandes à celui qu'ils nomment Seigneur Bouddha.

Parfois je me dis qu'il n'y a que les Occidentaux pour considérer que le bouddhisme n'est pas une religion, en Asie clairement c'en est une !

Autre différence : chrétien, nous sommes une personne, nous n'avons qu'une vie terrestre, et nous ressusciterons le jour du Jugement dernier, et en chair et en os, si tu es catholique et crois à la résurrection des corps. (Je suis peut-être un peu hérétique sur ce point.)

Bouddhiste, nous sommes un agrégat d'éléments impermanents : le Moi est une illusion, et ces agrégats vont renaître sous d'autres formes dans d'autres vies. Pas si facile à comprendre, qu'est-ce qui renaît exactement ? Il y a des textes du bouddhisme des Anciens, comme celui que tu as lu chez moi, où Bouddha évite même de répondre à cette question, en disant qu'elle n'est pas vraiment utile.

Chrétien, nous devons aimer les autres car ils sont des créatures de Dieu qui nous aime, et le Christ est en chacun d'eux (à nous de les aider à en prendre conscience).

Bouddhiste, nous devons aimer les autres car nous sommes des parts d'une continuité, nous, les autres, le monde sont Un. (Variante Grand Véhicule : nous devons aimer les autres car la nature du Bouddha est en chacun d'eux, et c'est à nous de les aider à la réaliser.)

L'Éveil, c'est quand tu parviens à cette conscience de la réalité absolue, le Monde, la loi, le Dharma, ne font qu'un et tout ça c'est aussi vide, car tout est à la fois Unité et Vacuité. Là je reconnais que je perds pied, je pense qu'il faut avoir beaucoup médité pour arriver à cette prise de conscience (et bien sûr espérer l'atteindre, ce qui ne peut être le cas pour un chrétien !).

Ressemblance finale : nous devons pratiquer la joie, l'amour, la compassion universelle comme la Charité au sens chrétien (universelle signifie sans attachement particulier, d'où l'idéal de chasteté pour les religieux catholiques et bouddhistes, ce n'est pas une histoire de péché contrairement à ce que croient les gens, c'est que l'amour charnel pour un être est un obstacle à l'idéal de compassion universelle pour tous *les êtres). Et bien sûr la sérénité (bouddhiste) et l'espérance (chrétien).*

Voilà, j'espère encore que tu ne seras pas vexé que j'ai lu ton carnet, tu as écrit d'autres questions intéressantes, nous en parlerons plus tard.

Ce voyage est le plus beau de ma vie, notre rencontre avec Tara pour moi un signe de la Providence, et voyager avec toi est merveilleux.

Bonne nuit

Clotilde

« *Merveilleux* », relut Antoine. *Merveilleux*. Cela lui faisait plaisir bien sûr, mais on disait aussi *merveilleuses vacances*.

Le ciel était d'un bleu profond comme si la stratosphère était plus proche, parcourue de quelques nuages blancs comme neige. Les belles prairies vertes, les petits buissons d'azalées et d'autres fleurs qu'Antoine ne pouvait nommer, la présence bienveillante des sapins et les mélèzes donnaient le sentiment qu'on se trouvait dans les Alpes.

Et puis, soudain on croisait une bande d'enfants, aux pieds nus et aux yeux bridés, et on se souvenait de la montagne que l'on gravissait.

Ils étaient en route vers Namjang, qui n'était même pas nommé sur la carte qu'ils s'étaient procurée. Tara avait trouvé l'itinéraire en interrogeant les moines.

— C'est encore loin ? demanda Antoine.

— Juste après ce col, dit Tara.

Et comme toujours en montagne, lorsqu'on croyait être arrivé à un sommet, c'était pour s'apercevoir qu'il cachait un suivant et il en était ainsi depuis cinq heures du matin, heure à laquelle un minibus – parti de l'hôtel deux heures plus tôt – les avait déposés au pied des montagnes.

Partir aussi tôt était un moyen d'arriver à leur destination avant le coucher du soleil, et aussi d'être sûr de ne pas se faire repérer par Armand et son équipe, et les mystérieux Chinois sans doute à leur recherche.

Ce n'était pas de l'escalade, même si parfois il fallait s'aider des mains dans certains éboulis ou sur des rochers un peu pentus. Antoine se demandait comment le Dr Chin avait pu affronter un tel parcours, alors que lui, beaucoup plus jeune, trouvait cela épuisant.

Mais il y avait le poids de son sac à dos. Il essayait de l'oublier, en regrettant de ne pas avoir appris la méditation, car une de ses formes, la marche méditative, lui aurait sûrement été utile pour oublier son corps et ses sensations pénibles.

Au départ, Tara avait annoncé qu'à leur arrivée, ils trouveraient le gîte et le couvert, et donc nul besoin d'emporter tout un chargement de camping en montagne.

Mais Tara les avait amenés devant un stock de médicaments que le Dr Chin avait commandé avant son départ à une pharmacie de la ville et qu'il destinait aux gens des villages proches de l'endroit où il avait trouvé refuge.

Au départ, le chargement du Dr Chin avait été réparti entre les trois filles, Clotilde, Tara et Noémie, et les deux garçons, Karsten et Antoine.

Mais peu à peu les filles s'étaient mises à peiner sous leur fardeau, et chevaleresquement, les deux garçons avaient alors récupéré la plus grosse partie du contenu de leurs sacs dans les leurs.

Même si Karsten avait l'air plus fort qu'Antoine et d'ailleurs que toutes les personnes qu'il ait jamais connues, à part peut-être Norbert, il n'aurait pas voulu le reconnaître en acceptant moins de chargement que Thor lui-même.

Et donc, maintenant, il souffrait, la sueur lui coulait dans les yeux, tandis que Clotilde et Tara menaient la marche, et qu'il pouvait parfois se consoler par la vision de leur charmant duo.

Noémie et Karsten marchaient un peu en arrière, silencieux. Plus tôt, ils avaient expliqué à Antoine qu'ils pratiquaient la marche méditative.

Cette méditation en mouvement leur permettait de s'absenter de la douleur et de la fatigue, tout en accueillant la réalité autour d'eux en pleine conscience, sans aucune autre préoccupation.

Antoine s'y était d'abord essayé avec les instructions données par Karsten, mais la pensée de

Clotilde écrivant dans son petit carnet lui revenait sans cesse, et il dut renoncer.

Moumdalou, lui, courait d'un groupe à l'autre, montant et redescendant la pente, et voir son sourire radieux faisait du bien. Il avait insisté pour les accompagner car leur expédition allait passer par son village.

Les premiers villages qu'ils avaient traversés étaient encore assez prospères, entourés de petits champs de céréales et de rizières en terrasse, puis au fur et à mesure que le paysage devenait plus pierreux avec l'altitude, ils rencontraient des hameaux de plus en plus misérables, où l'on sentait que les habitants vivaient à la limite de la survie avec leurs maigres chèvres et quelques poules, même si les enfants gardaient le sourire en les apercevant.

Si ni les Anglais, ni les Chinois, ni les Indiens n'avaient jamais colonisé ce petit pays, c'était bien le signe qu'il n'y avait pas grand-chose à gagner de ses terres arides et de son hiver glacial.

Pour les aider à supporter cette dure vie, les gens avaient leurs dieux, les hindous et les génies locaux, ils leur faisaient même des sacrifices avec le peu de poulets et de chèvres en leur possession, mais heureusement ils les mangeaient ensuite, expliqua Tara.

Au fur et à mesure qu'ils s'éloignaient de la vallée, les villages n'étaient plus hindouistes, mais devenaient bouddhistes. On y sacrifiait quand même des animaux, Tara appelait ça le népalisme, les gens se reposaient sur différentes religions car la vie était si difficile qu'il paraissait raisonnable d'essayer d'augmenter ses chances.

Finalement ils arrivèrent au village de Moumdalou, quelques masures de pierre, et les gens sortirent sur le pas de leurs portes pour les regarder arriver. Moumdalou gambadait fièrement en tête, visiblement ravi d'être vu dans un rôle aussi important : le guide de prospères étrangers dont trois jeunes filles en short.

Un petit garçon se précipita à leur rencontre, il ressemblait à Moumdalou comme le petit frère qu'il était, et les deux petits garçons les menèrent dans la maison de leur famille, effrayant au passage quelques poules déplumées qui picoraient devant l'entrée.

À l'intérieur, dans une demi-obscurité, ils trouvèrent la famille réunie autour d'une petite fille allongée sur une natte. Parents, enfants et grands-parents étaient réunis pour la veiller. Elle ne se réveilla pas à leur arrivée.

Après les salutations d'usage, Clotilde et Antoine se penchèrent sur elle.

La petite fille était inconsciente, brûlante de fièvre, et très amaigrie. Elle respirait à peine, son petit visage crispé par la souffrance. Moumdalou regarda Antoine et Clotilde d'un air implorant. *My Sister,* dit-il, ce qu'ils avaient déjà compris. Et dans ses yeux Antoine lut la foi que Jésus avait dû voir dans ceux du légionnaire romain.

Clotilde et Antoine examinèrent la petite fille, posèrent des questions simples aux parents, que Tara traduisit, Clotilde sortit un stéthoscope de leur chargement, ils auscultèrent le petit corps maigre, puis ils tombèrent d'accord pour diagnostiquer à cette malheureuse enfant une tuberculose avancée dans les poumons et sans doute dans les méninges. Même en commençant le meilleur traitement du monde, il était trop tard. Dans un hôpital moderne, elle aurait encore eu une faible chance de survivre avec de graves séquelles, mais ce jour-là, même avec les médicaments qu'ils avaient apportés, elle n'avait plus beaucoup de vie devant elle.

Pendant que les parents les regardaient d'un air à la fois malheureux et plein d'espoir, Antoine et Clotilde posèrent à la petite fille une perfusion avec un des flacons emportés pour le Dr Chin, afin de la réhydrater, et dans laquelle ils mirent un médicament dérivé de l'opium pour diminuer ses souffrances. Car ils avaient appris dans leurs études, que même sur le chemin d'une mort certaine, personne ne doit être abandonné à la soif et à la douleur. La petite fille continua de respirer faiblement, mais avec une expression apaisée.

Tara traduisit aux parents qu'Antoine et Clotilde ne pouvaient que la soulager, mais qu'il était trop tard pour la sauver. Ils répondirent qu'ils comprenaient, d'autres enfants étaient morts de la même manière dans le village. Ils avaient espéré un miracle, mais ils acceptaient qu'il n'y en ait pas. La mère leur sourit pour leur montrer qu'elle ne leur en voulait pas, et puis elle cacha son visage dans son sari.

Noémie était déjà sortie de la maison. Dehors, ils la trouvèrent en larmes dans les bras de Karsten.

On leur montra d'autres malades, heureusement moins graves, et Clotilde et Antoine purent administrer des désinfectants sur des plaies, faire quelques points de suture, et même distribuer des antibiotiques à des malades qui en avaient besoin.

Finalement ils quittèrent le village, et tous les habitants sortirent de leur maison pour les regarder partir. Ils leur avaient donné un peu de leur thé, et aussi un peu de cannabis, dont Karsten mâchonnait un petit morceau de temps en temps, à la manière afghane.

Moumdalou les avait accompagnés quelques minutes à la sortie du village. Ils s'étaient fait des adieux déchirants, puis il était revenu vers sa famille et sa petite sœur mourante. Pendant qu'ils recommençaient à peiner dans la montée Tara avait expliqué que la tuberculose tuait encore beaucoup de gens dans ce pays, même si le gouvernement et de grandes organisations internationales essayaient de l'endiguer. Mais soigner des gens très pauvres d'un pays très pauvre qui vivent disséminés dans des endroits isolés et inaccessibles pendant l'hiver, il n'était nul besoin d'être un expert pour comprendre la difficulté.

Finalement après une heure de marche de plus, Clotilde dit à Antoine :

— Tu as l'air bizarre.

— Vraiment ?

— Oui, tu ne dis plus rien depuis qu'on a quitté ce village. C'est la petite fille, c'est ça ?

Antoine répondit qu'en effet c'était cela. Il raconta à Clotilde son souvenir le plus marquant qui lui était resté de pédiatrie, l'image de la mère et son enfant. La rencontre avec la petite fille avait ravivé ce souvenir.

— Je sais, dit Clotilde, je me souviens de mon stage là-bas. Et de la question dans ton carnet

« Pourquoi Dieu laisse-t-Il mourir les petits enfants ? »

— Un Dieu qui serait à la fois bon et tout-puissant, précisa Antoine. En fait, je crois que c'est un des obstacles qui m'empêche de garder la foi de mon enfance.

— Tu veux dire, la souffrance des innocents ?

— Oui. Car dans ce cas, par exemple, je me souviens de ta théodicée de la compensation mais comment imaginer que la souffrance des parents qu'on vient de voir puisse être compensée ?

— Je pourrais te répondre que c'est un mystère, dit Clotilde mais pas seulement.

Et tandis qu'ils continuaient de grimper par des chemins de moins en moins visibles au milieu des rochers, que le ciel devenait encore plus bleu, et que se rapprochaient les plus hautes montagnes du monde, Clotilde expliqua à Antoine comment l'existence du mal n'empêchait pas de croire. Elle fut bientôt rejointe et soutenue par Tara.

Clotilde commença :

— Nous en étions restés à la théodicée « prix de la liberté ». Pourquoi Dieu n'a-t-Il pas créé l'homme bon ? Eh bien Leibniz considère que...

— Non, j'aimerais qu'on revienne aux souffrances non causées par l'homme, dit Antoine.

— Comme pour cette petite fille ? D'accord, le bacille de Koch n'est pas une invention humaine...

— Laissons cette petite fille en paix. Prenons un autre exemple, comme le fameux tremblement de terre de Lisbonne.

— Celui que Voltaire raconte dans *Candide* ?

— Oui, dit Antoine, celui-là même.

— On va revenir à Leibniz, dit Clotilde.

— Pas de problème pour moi.

Le tremblement de terre de Lisbonne en 1755 avait posé un grave problème aux croyants de l'époque, car les victimes étaient de bons catholiques romains et apostoliques, et se considéraient donc comme les plus près du vrai Dieu. Comment expliquer que le séisme en ait exterminé un si grand nombre en abattant du même coup quelques-unes de leurs églises et cathédrales ? Et cette question valait pour tous les tremblements de terre et tsunamis depuis l'origine des temps, car l'homme n'y était pour rien, sauf à considérer ces événements comme des châtiments divins pour ses péchés, mais un Dieu d'Amour n'était plus censé pratiquer ce genre de punitions collectives.

— Oui, mais c'était le meilleur des mondes possibles ! s'exclama Clotilde, c'est ce que dit Leibniz.

— Tu peux développer ?

— Voilà, il faut admettre que la variété est préférable à l'uniformité.

— Je suis assez d'accord, l'uniformité m'ennuie.

— Et qu'un monde ordonné, régi par des lois, est préférable à un monde anarchique… Et l'idéal devient donc de créer un monde en utilisant le moins de lois possibles, comme en mathématiques, où la solution la plus simple est la meilleure, la plus belle.

— Oui, il a d'ailleurs fallu des lois physiques, donc de l'ordre, pour que la vie apparaisse.

— Voilà ! eh bien justement, Leibniz dit que, dans sa bonté infinie, Dieu voulait créer le meilleur des mondes possibles, donc à la fois le plus varié et le plus ordonné. Mais en même temps dans sa sagesse infinie – Dieu est omniscient – il pouvait entrevoir toutes les combinaisons possibles, et il aurait pu créer des mondes plus ordonnés, avec plus de lois, où entre autres le mal n'existerait pas, mais dans ce cas un monde beaucoup moins varié. Ou alors créer des mondes plus variés, mais dans ce cas moins ordonnés, anarchiques, avec peut-être plus de mal.

— Tu veux dire que notre monde est le meilleur compromis qu'a trouvé Dieu entre ordre et variété ?

— Exactement. En tout cas c'est ce que pensait Leibniz.

— Et justement Voltaire s'en moque.

Antoine se souvenait qu'à chaque fois que Candide découvre une nouvelle horreur du monde, dont le fameux tremblement de terre, son précepteur le docteur Pangloss tentait de le réconforter en lui répétant qu'ils vivaient dans « le meilleur des mondes possibles ».

— D'accord, dit Clotilde, mais l'habituel problème de ces théodicées, et des philosophes rationalistes, comme Leibniz ou Descartes, c'est de vouloir convaincre par la raison.

— Et toi tu n'y crois pas, finalement ?

— Que peut la raison humaine face au mystère divin ? Saint Augustin a dit : « Si tu crois comprendre Dieu, ce n'est pas Dieu. »

C'était une réponse assez radicale, pensait Antoine, elle rendait un peu vaines toutes les discussions auxquelles s'étaient livrés philosophes et théologiens pendant des siècles. Tara fut plus radicale encore :

— De toute façon, vous vous compliquez beaucoup la vie en invoquant un Dieu créateur et personnel.

— Les bouddhistes ne croient pas en un créateur ?

— L'univers a toujours existé, dit Tara.

À cet instant, l'Un se manifesta sous la forme d'un chemin plus escarpé, et la conversation dut s'interrompre.

Plus tard, Clotilde avait cité d'autres théodicées qu'Antoine avait notées dans son carnet.

— *Théodicée : la mort n'est pas un mal. En effet mourir c'est rejoindre notre Seigneur et la vie éternelle (avec plus ou moins de stages intermédiaires selon les textes qui se contredisaient parfois) et donc ce n'était pas un mal.*

Cela rappela à Antoine un souvenir. Un jour, il s'était rendu aux obsèques d'une de ses camarades de lycée qui avait été tuée dans un accident de voiture. Tous les amis de cette jeune fille adorable, dont Antoine, pleuraient ou retenaient leurs larmes, mais à leur grande surprise, les parents de cette jeune fille paraissaient beaucoup moins tristes qu'eux, et les accueillaient même avec le sourire. Devinant l'étonnement d'Antoine, le père de la disparue lui avait soufflé à l'oreille : « Elle a rejoint Notre Seigneur. »

Antoine espérait que Clotilde garde tout le temps cette sorte de foi quand elle pensait à son frère disparu en mer.

Tara était venu à l'appui de Clotilde avec ce qu'Antoine aurait voulu appeler la théodicée bouddhiste – mais Tara lui avait rappelé que le nom ne convenait pas car pour les bouddhistes, contrairement aux hindous, il n'y a pas de dieu créateur du monde, donc pas de problème d'un Dieu Infiniment Bon Tout-Puissant et Omniscient.

— *Tara : Il n'y a ni naissance ni mort. Image de la vague de l'océan : la vague croit naître ou mourir, mais elle est juste de l'eau dans différentes formes. Nous ne naissons ni ne mourons vraiment, pas plus qu'une vague ne naît ou meurt, c'est de l'eau de mer qui passe par des états différents.*

Même Clotilde avait été surprise par cette image de la vague, et une variante de la porte à tambour existentielle, pensa Antoine mais cette fois sans jamais mourir vraiment ni renaître, puisqu'on demeurait dans le flux d'une même continuité. Tara expliqua que cela était expliqué dans la *deuxième mise en mouvement de la roue du Dharma*, ces textes en sanskrit qui avaient donné naissance du bouddhisme du Grand Véhicule, le Mahayana.

Car au fond du fond, la vérité absolue selon ce texte – et non la vérité relative, plus facilement accessible – était qu'il n'y a ni naissance ni mort, juste une continuité et interdépendance dans le temps et dans l'espace, une Unité et une Vacuité à la fois, et pour percevoir cette vérité ultime, arriver ainsi à l'Éveil, il fallait beaucoup méditer – ce que Noémie et Karsten faisaient régulièrement.

Antoine se souvint des paroles prononcées par le jeune homme dans son rêve. *Si tu arrives à la concentration juste, tu verras que c'est la même chose, tu percevras l'unité.*

La mort n'est peut-être pas un mal, avait dit Antoine, mais restait le problème de la souffrance préalable. Pourquoi tant de souffrances ?

Cette question n'avait nullement démonté Tara : la souffrance était juste due à l'ignorance ! Nous souffrons à cause de notre attachement à ne pas souffrir alors que c'est inévitable, et aussi à cause de notre difficulté à maintenir l'attention juste, que l'on peut obtenir grâce à la méditation et qui permet même de se mettre à distance de la douleur. Tara donna l'exemple des moines bouddhistes qui s'étaient immolés par le feu pendant la guerre du Vietnam, en mourant sans frémir. Et tous ceux plus nombreux qui avaient fait de même au Tibet, ajouta Tara, mais dont personne n'avait pu filmer le sacrifice.

Clotilde avait expliqué que le point de vue des bouddhistes lui rappelait celui des philosophes stoïciens apparus en Grèce un siècle ou deux après le Bouddha historique. Selon ces philosophes rien ne faisait plus vraiment souffrir si on savait se détacher de notre envie bien compréhensible de ne pas souffrir et de vouloir rester en bonne santé. Et si on ne s'attachait pas trop non plus aux autres qui eux aussi de toute façon allaient mourir, attitude qui avait paru plutôt inhumaine à Antoine.

Mais Clotilde avait ajouté que pour les chrétiens, il y avait une raison supplémentaire d'accepter la souffrance : les souffrances seraient compensées par un bonheur beaucoup plus grand dans le Royaume des Cieux.

« Comme pour le bon larron », avait dit Antoine, voulant montrer qu'il avait quand même certains souvenirs. Jésus avait dit à ce bon larron crucifié à ses côtés, qu'il se retrouverait le soir même avec lui au Paradis.

— Non, avait rétorqué Clotilde.

Certes le bon larron verrait ses souffrances largement compensées par cette montée au Paradis sans même attendre le Jugement dernier, mais ce privilège ne lui avait pas été donné parce qu'il avait tant souffert sur la croix, mais parce qu'il avait reconnu la divinité de Jésus en lui disant : *Souviens-toi de moi, quand tu seras dans ton Règne.*

Antoine écrivit :

Théodicée de la négation du mal : la souffrance est une erreur d'appréciation, pour celui qui voit juste, elle n'existe pas (bouddhistes et stoïciens).

Pour les hindous : la souffrance permet d'expier les fautes des vies passées, et la petite fille se réincarnera en princesse, ou encore mieux en homme, brahman, *de la caste la plus supérieure.*

Théodicée de la compensation : la souffrance existe mais elle sera infiniment compensée (chrétiens).

Antoine avait posé la question qui le tracassait toujours à propos de la théodicée de la compensation :

— Et la souffrance des enfants ? Et la souffrance des mamans comme celle de tout à l'heure ? Comment une telle souffrance pourrait-elle être jamais compensée ?

Alors, au moment où ils arrivaient à un col qui découvrit devant eux une vaste vallée déjà dans l'ombre où l'on aurait eu besoin d'un bon berger, Clotilde avait cité l'évangile selon saint Jean :

Quand la femme enfante, elle est dans la douleur parce que son heure est venue. Mais quand elle a donné le jour à l'enfant elle ne se souvient plus de sa souffrance, dans la joie qu'elle éprouve...

Antoine doutait toujours.

Le soleil avait presque rejoint la crête des montagnes, l'air devenait plus frais, soudain on entendit des cloches.

Non pas les cloches d'un monastère comme ils le crurent d'abord, mais des cloches de vaches, comme en Suisse, dans ces bonnes montagnes pleines de verts pâturages et de ruisseaux chantants, comme le paysage qu'ils découvraient.

Après avoir passé un col rocailleux où même Karsten avait dû s'arrêter pour souffler – finalement Thor n'était pas invincible, la fumette avait dû l'affaiblir – ils étaient redescendus sur l'autre versant, et peu à peu l'herbe, les sapins, la verdure les avaient à nouveau entourés.

Un yak apparut, sombre et tout poilu, une grosse cloche pendant à son cou.

Puis d'autres derrière lui, dont une mère et son veau, qui les regardaient approcher. Dans la lumière du soleil couchant, les yaks, les sapins, les cimes neigeuses au loin, formaient un paysage abondant et magnifique qui aurait pu faire un tableau idyllique sur une tablette de chocolat, pensa Antoine.

— Les yaks sauvages nous auraient chargés, dit Tara, mais il n'y en a plus dans le coin. Finalement, les yaks domestiques décidèrent qu'ils ne savaient pas trop quoi penser de ce petit groupe qui s'approchait à la tombée du jour, ils se détournèrent et revinrent au petit trot vers leur étable.

Car ils arrivaient à une véritable ferme, avec plusieurs petites maisons en pierre adossées à une paroi rocheuse. Une porte s'ouvrit, et le Dr Chin apparut vêtu à la manière locale, avec un de ces bonnets à oreillettes recourbées typique des Tibétains qu'ils avaient rencontrés déjà sur leur trajet.

— Mes amis ! s'écria-t-il.

Il vint à leur rencontre, serra la main d'Antoine et de Clotilde, et puis échangea quelques politesses tibétaines avec Tara, en la remerciant de les avoir amenés jusqu'ici.

Antoine était étonné que le Dr Chin ne soit pas surpris par leur arrivée, mais il leur expliqua que les nouvelles allaient vite par les chemins d'une vallée à l'autre, et qu'il s'attendait depuis le milieu de l'après-midi à la venue d'un groupe de jeunes Occidentaux accompagnés d'une Tibétaine qui parlait anglais.

À l'intérieur, on avait allumé des lampes à huile.

Antoine fut heureux de décharger son sac sur la table, et de voir le Dr Chin se réjouir de ce déferlement de boîtes de médicaments.

Il leur expliqua que lors d'un premier séjour, il avait établi une sorte de dispensaire, et que les gens des villages voisins amenaient leurs malades, et qu'ils venaient parfois de loin. Un médecin suisse avait pris sa suite depuis quelques années, mais il venait juste de partir en vacances pour retrouver ses montagnes natales. Le retour du Dr Chin était donc providentiel.

— Ça fait plaisir de se remettre à la médecine, je fais même de la petite chirurgie, dit-il joyeusement.

Devant le regard surpris d'Antoine et Clotilde, le Dr Chin précisa qu'avant de se tourner vers la psychiatrie il avait autrefois commencé par étudier la chirurgie, et il lui restait encore de bons réflexes pour des interventions simples.

Antoine se promit de demander au Dr Chin les raisons de son changement de carrière. Le Dr Chin s'était-il aperçu que parler avec ses patients l'intéressait plus que de tailler dans leurs intérieurs ?

Tout le monde s'était assis, et le Dr Chin leur avait servi du thé, normal celui-là sinon qu'il était parfumé au beurre de yak, et Antoine n'était pas sûr qu'il goûtait cette nouvelle saveur. Il vit que Karsten se posait la même question. Il n'osa pas demander une bière, ce dont il avait le plus envie, car il était certain qu'il n'y en avait pas ici, et que le Dr Chin serait gêné de voir qu'il ne pouvait satisfaire ses invités.

Il leur servit ensuite des grandes louches d'une sorte de bouillie de céréales qui chauffait sur le poêle et Antoine comprit que ce serait le dîner.

La porte s'ouvrit, et un homme entra, avec un visage carré comme un pavé sous son bonnet tibétain, la peau sillonnée de ces rides profondes qu'ont les montagnards ou les pêcheurs en mer.

— Tenzin ! expliqua le Dr Chin.

Tenzin était le propriétaire des yaks et de cette ferme. Il ne parlait que le tibétain. Le Dr Chin expliqua que Tenzin et lui se connaissaient depuis des années, que Tenzin était un ami du moine tibétain que Clotilde et Antoine avaient rencontré à Katmandou.

Puis apparut la femme de Tenzin, qui lui ressemblait comme une sœur, sinon qu'elle avait de longues nattes et un sourire magnifique. Tara et elle commencèrent une conversation. Noémie et Karsten semblaient ravis : pour eux c'était l'aventure, finalement leur vie dans la vallée devait commencer à devenir monotone.

Au moment où Antoine se demandait s'il devait reprendre une assiette de bouillie, qui ne l'enchantait pas, ou s'abstenir, et courir le risque de rester sur sa faim et de passer une mauvaise nuit, madame Tenzin se dirigea vers un grand meuble de bois massif, et en sortit un énorme quartier de tomme de Savoie, ou plutôt de tomme d'Himalaya, puis d'un autre placard une miche de pain. Au même instant, Tenzin alla ouvrir le robinet d'un grand chaudron de cuivre. Il en coula de la bière maison, un peu trouble et guère mousseuse, mais qui se révéla excellente pour des gens assoiffés.

« Le Paradis », pensait plus tard Antoine en regardant leur tablée. Le Dr Chin en conversation avec Clotilde et Tara, Karsten épanoui qui trinquait régulièrement avec lui, Noémie qui lui jetait parfois de brefs coups d'œil, Madame Tenzin s'affairait autour d'eux jusqu'à ce que Tara et Clotilde l'implorent de s'asseoir avec elles, et Tenzin qui venait lui aussi heurter sa chope de métal avec celle d'Antoine et Karsten, content de voir qu'ils aimaient sa bière.

Pour la deuxième fois depuis le début du voyage, Antoine ne sentait pas tourmenté par la présence distante de Clotilde, il acceptait le moment tel qu'il était.

Plus tard, dans sa chambre, à la lumière d'une lampe alimentée au beurre de yak, il prenait des notes dans son carnet.

Il voulait coucher sur le papier la suite de la conversation avec Clotilde et Tara sur l'explication du mal, avant que le sommeil et la bière n'aient tout emporté.

L'endroit portait à la réflexion, car l'entreprenant Tenzin, non content d'avoir appris la fabrication de la tomme avec du lait de yak, grâce au médecin suisse, comptait faire de sa ferme une auberge, et avait fait construire au premier étage des petites chambres qui ressemblaient à des cellules de moine, ce qui n'était pas surprenant car Tenzin n'avait jamais mis le pied dans un hôtel, mais comme la plupart des Tibétains, il avait déjà fait retraite dans un monastère.

Il réfléchissait à cet exemple des douleurs pendant l'enfantement oubliées grâce à la joie de la naissance de l'enfant, quand on frappa doucement à sa porte.

Était-ce Clotilde qui voulait continuer cette conversation théologique avec lui ? Il en aurait rêvé, mais il n'y croyait pas. Le Dr Chin qui lui apportait du thé, du vrai ? Au dîner, personne n'avait abordé ce sujet pourtant capital.

Non, c'était Noémie, tout sourires, et vêtue de ce sari qui attirait l'attention sur ce qu'il tentait de voiler.

Antoine referma son carnet et voulut dire quelque chose, mais rien ne lui vint. Noémie referma la porte, et se glissa près de lui.

« Avec Karsten, on ne le fait plus depuis longtemps, chuchota-elle. Il fume trop, ça ne l'intéresse plus », et elle embrassa Antoine, triomphant ainsi de sa faible résistance.

Noémie ne l'avait pas fait depuis longtemps, en effet. Ils le firent assez longtemps.

Antoine essayait d'être silencieux, pensant aux autres qui dormaient non loin de là, mais Noémie, elle, ne semblait guère s'en soucier.

Plus tard, il se réveilla, et à la lumière de la lampe il vit Noémie, nue, plongée dans la lecture de son carnet.

— C'est pas mal, dit-elle. Intéressant.

— Tu trouves ?

— Oui, surtout sur les théodicées, je ne les connaissais pas toutes, seulement celle de Leibniz, que j'ai étudiée à la fac.

— Je ne les ai pas toutes écrites encore.

— De toute façon, elles ne prouvent rien ! dit Noémie.

— J'ai l'impression que même Clotilde n'y attache pas une grande importance, elle croit, c'est tout.

— Et même selon Kant, ces tentatives de prouver l'existence de Dieu sont moralement condamnables !

C'était la première fois qu'Antoine entendait parler de Kant par une jeune fille nue.

— Condamnables ? Mais pourquoi ?

— Parce que si nous avions vraiment la preuve de l'existence de Dieu, il n'y aurait plus de vie morale ! Aucun mérite à suivre ses commandements, nous vivrions dans la crainte de lui désobéir, nous aimerions notre prochain pour être sûrs de nous retrouver au Paradis. Pour Kant, c'est justement l'impossibilité de prouver l'Existence qui donne toute leur valeur et leur mérite à nos actes. Kant, c'est mon dieu ! conclut-elle avec enthousiasme.

— Vraiment ?

— … C'était, car maintenant je me suis tournée vers l'Orient. Dis donc, Clotilde, elle a l'air assez mystique, non ?

— Mystique ?

— Enfin, je ne sais pas, son intérêt pour la religion. Elle voudrait devenir bonne sœur que ça ne m'étonnerait pas.

Antoine resta muet.

— Peut-être qu'elle l'est déjà d'ailleurs, tu sais ces religieuses en civil, les ordres mineurs.

Il était surpris que Noémie ait de telles connaissances.

— Une de mes sœurs est religieuse, dit-elle. Et j'ai deux cousins qui sont prêtres.

Antoine avait déjà remarqué une chevalière en plus des bagues indiennes aux doigts de Noémie.

Il la questionna et apprit qu'elle appartenait à une de ces familles où les mariages et les anniversaires rassemblent une foule de cousins, où l'on va à la messe tous les dimanches, et où les mariages sont célébrés par un des parents prêtres.

— Je me suis sauvée de tout ça, dit Noémie. Ce n'est pas pour moi, ils m'ennuient trop.

— Et la foi ? demanda Antoine.

— C'est différent, dit Noémie. Je sens qu'il y un Dieu créateur.

Comme Clotilde, elle ne disait pas « croire » mais « sentir ».

— Mais infiniment bon et tout-puissant ?

— Ça, je ne crois pas.

Noémie expliqua qu'elle se sentait plus proche de la religion hindoue, dont elle trouvait qu'Antoine ne parlait guère dans son carnet.

— Enfin je ne m'intéresse pas tellement à leurs dieux, j'ai vu que tu as commencé d'écrire une liste. Mais cette idée de karma, de renaissance, que nos actions dans cette vie ont une influence sur notre vie future et ainsi de suite. Et puis cette idée d'accéder à la vision que le Moi et le non-moi de l'univers sont la même chose, qu'il n'y a pas de dualité, mais seulement l'Unité, le *Brahman*. Tout est dans Tout, quoi… C'est ce qu'on espérait atteindre avec Karsten.

On avait lu le livre d'Huxley, tu sais *Les Portes de la perception.*

Antoine l'avait lu. Le génial auteur du *Meilleur des mondes* avait écrit un livre sur les effets de la psilocybine, cette substance hallucinogène que l'on trouvait dans certains champignons. Selon lui, notre esprit était fermé, car trop occupé à affronter les exigences de la vie quotidienne. Mais sous l'effet de cette drogue, d'ailleurs utilisée par les chamans, les valves de votre esprit s'ouvraient soudainement, et vous donnaient enfin accès à la réalité de l'Univers et du Moi, dans leur continuité et leur Unité, car tout était dans tout et réciproquement comme le soulignait Noémie.

— Et vous avez atteint cette vision ?

— Pas vraiment. On a fait de sacrés voyages avec les champignons, mais quand tu en reviens, tu ne te sens pas différent, ou alors un peu déglingué pendant quelque temps. Et puis Karsten a fait un très mauvais voyage, il voyait des démons partout, il voulait s'enfuir dans la montagne en pleine nuit, et c'était l'hiver, on s'est mis à dix pour le retenir.

— Ça arrive, dit Antoine.

— Ensuite on s'est cherché un gourou, un vrai.

— Vous en avez trouvé un ?

— Oui, on en a même rencontré plusieurs, en Inde on a fait des séjours dans différents *ashrams.*

— Et ça a marché ?

— Comment dire ? Après des heures de méditation, tu sens que tu touches à la vraie réalité, à l'unité cosmique, etc. Tu te sens enfin libre, libéré, c'est merveilleux…

— Donc ça vous a changés ?

— Oui, tant qu'on était dans l'*ashram*, quand on méditait… mais dès que tu en sors, tu retrouves la misère au-dehors, les enfants qui mendient, les infirmes, les mourants sur le trottoir, et là tu te retrouves comme assailli par le monde, la souffrance, et ton sentiment de libération s'envole…

Cela rappela à Antoine ce qu'il avait éprouvé en découvrant la petite fille mourante.

— Mais on ne s'est pas découragé, on a continué à chercher le bon gourou.

— Et vous l'avez trouvé ?

— Oui, à Bénarès, un Indien qui avait l'air génial. Karsten adorait les séances de yoga avec lui, moi je m'ennuyais, mais je n'osais pas le dire.

— Je crois que ce n'est pas pour tout le monde, dit Antoine, qui lui-même ne se sentait pas assez de concentration pour la méditation et pas assez de souplesse pour le yoga.

— Le gourou s'en est aperçu d'ailleurs. Alors il m'a proposé de me donner une leçon particulière.

Il voulait m'enseigner la voie tantrique, le tantrisme indien, pas le tantrisme tibétain.

— Et c'était mieux ?

— Je ne sais pas, parce qu'en fait ça voulait dire que je devais faire l'amour avec lui, l'union du Yoni et du Lingam et tout ça, mais moi j'avais surtout l'impression qu'il avait une grande envie de me sauter.

En voyant Noémie nue, Antoine se disait qu'il fallait en effet être un saint pour ne pas avoir une grande envie de la sauter, comme elle disait, et que ce gourou ne devait pas en être un.

— Finalement le jour où il m'a demandé de me déshabiller, Karsten est arrivé et lui en a collé une.

— Ah bon ? dit Antoine, soudain inquiet.

— Mais non, idiot, ne t'inquiète pas, dit Noémie en pouffant et en posant la main sur sa poitrine. C'était il y a longtemps.

La caresse de Noémie ne rassura pas complètement Antoine, mais le ramena soudain au désir sensuel, cet obstacle à l'éveil, selon le Bouddha.

Plus tard, Noémie trouva que c'était le moment de fumer un peu. Elle alluma deux joints qu'elle avait préparés.

— C'est fort, dit Antoine en toussant.

— C'est du *Bombay Black*, dit Noémie, comme si cela expliquait tout.

Antoine décida de ne pas trop tirer sur son joint, il voulait se réveiller le lendemain matin.

— En fait, dit Noémie d'un air rêveur, ce que tu as écrit dans ton carnet est intéressant, mais c'est une vision un peu trop... mythologique de l'hindouisme.

Antoine avait écrit une liste des principaux dieux hindous, ce qui n'était pas si simple, car certains avaient différents noms sous différentes apparences, qu'on appelait justement leurs *avatars*.

— J'ai essayé de m'y retrouver dans leurs dieux, dit Antoine.

— Oui, c'était d'ailleurs le réflexe des colons anglais quand ils sont arrivés en Inde. Ils ont vu la religion hindoue comme une collection de dieux, Brahmâ, Vishnou, Shiva, Krishna… un polythéisme, avec adoration d'idoles, ils ont regardé ça de haut. Mais ils n'ont vu qu'un aspect…

— Quel est l'autre ?

— C'est beaucoup plus métaphysique ! Par exemple, il y a un Upanishad qui te dit qu'en fait il n'y a qu'un seul principe vital, que tous ces dieux ne sont que des apparences de l'Un, et que d'ailleurs nous faisons tous partie de cet Un… Et certains hindous disent même que cette vérité va à l'encontre du système des castes…

— Mais pourtant, dans les temples, on voit bien les gens prier devant des statues de tous ces différents dieux, non ?

— Oui, on voit bien les catholiques prier les saints, mais ce n'est qu'un aspect du christianisme, pas le sens profond.

Nue, dans la fumée du *Bombay Black*, Noémie gardait une remarquable hauteur de conversation.

— Et puis aussi, il y a l'aspect moral. C'est quasiment kantien ! dit-elle en traçant une ligne invisible dans l'air avec son joint.

— Kantien ?

Kant avait toujours paru à Antoine un philosophe un peu radical. Il se sentait plus d'affection pour les philosophes utilitaristes : une action vaut par le bien qu'elle apporte ou non au plus de gens possible, c'est sans doute pour cela que mentir pour une bonne cause ne l'embarrassait jamais, ce que Clotilde avait déjà remarqué.

— Oui, il faut agir en fonction d'un principe juste, en se détachant de toute crainte ou tout désir quant aux conséquences de cette action. C'est ça le yoga par l'action, si tu veux, le karma-yoga ! Ce que Krishna explique au prince Arjuna.

— Le prince Arjuna ?

Noémie expliqua que le prince Arjuna était, avec le dieu Krishna le personnage central de la *Bhagavad-Gita*, un long poème dans lequel le dieu, qui a pris l'apparence d'un conducteur de char, enseigne au prince la morale et le détachement dans l'action, juste avant la bataille.

— Il dit au prince qu'il doit suivre son devoir de guerrier qui est toujours de combattre pour une juste cause, car c'est son *dharma,* sa loi au sens hindou, et sans jamais considérer ou redouter les conséquences de son combat. Dans le cas présent pour Arjuna, le risque de tuer des cousins dans l'armée d'en face.

— Je me souviens qu'il y a un autre grand poème épique, quelque chose comme le Maraba... ? demanda Antoine.

— Le Mahâbhârata ! En fait la *Bhagavad-Gita* est un des épisodes du *Mahâbhârata*. Et tous les poèmes épiques hindous traitent de questions morales !

Noémie commença à raconter à Antoine le *Mahâbhârata*, qui décrivait en quelque deux cent mille vers la fameuse guerre entre les Kauravas et les Pandavas, avec intervention de Krishna en faveur de ces derniers. Au fur et à mesure que Noémie déroulait devant lui cette grande fresque qui lui rappelait un peu la guerre de Troie, Antoine luttait de plus en plus pour garder ses yeux ouverts.

Plus tard dans son sommeil, Antoine entendit le bruit de pales d'hélicoptère, mais il se dit que cela devait faire partie d'un rêve.

La tête massive de l'éléphant surplombait son lit.

Antoine se redressa sur un coude. Il avait mal à la tête. Noémie n'était plus là.

— Où suis-je ? demanda-t-il.

— Tu es toujours en train de te poser des questions…, répondit l'éléphant avec un petit frémissement de trompe, comme pour souligner son propos.

Antoine fut frappé par la justesse de cette remarque. Il se posait des questions sur le sens de la vie, l'existence de Dieu, et les sentiments de Clotilde sans jamais trouver une réponse. En revanche il ne s'était guère posé de questions en voyant arriver Noémie dans sa chambre, et maintenant il se réveillait en face d'un éléphant qui lui parlait et avait peut-être des réponses. Cet éléphant était spécial : non seulement il était d'une belle couleur rouge brique, mais Antoine venait de remarquer que son corps n'était pas celui d'un éléphant, mais celui d'un énorme bébé. Malgré la pénombre, Antoine remarqua qu'il avait quatre bras...

— Tu t'arrêtes trop aux détails, dit l'éléphant. Dis-moi plutôt quelque chose d'intéressant.

Il avait une profonde voix de basse, tout à fait celle d'un éléphant et non celle d'un bébé, même gigantesque.

— Je ne sais plus où j'en suis, dit Antoine. Je crois aussi que je suis amoureux...

— Ça, c'est pas de chance, dit l'éléphant.

— Vous n'avez jamais été amoureux ? demanda Antoine.

— Je suis marié, dit l'éléphant, comme si cela répondait à la question.

Antoine se creusait la tête pour formuler une bonne question, c'était une occasion à ne pas manquer, mais la migraine et une grande fatigue l'empêchaient de penser clairement.

— Je suis parti pour trouver des réponses..., commença-t-il.

— Des réponses à quelle question ?

— Y a-t-il autre chose ? Y a-t-il un autre monde que le monde matériel ? Y a-t-il une autre vie après cette vie ? Dieu existe-t-Il ?

L'éléphant cligna des yeux. Et puis il parla ;

— Dis-moi : tu n'as pas plutôt entrepris ce voyage parce que tu étais amoureux ? Il tourna sa grande tête de côté, comme pour mieux regarder Antoine d'un seul œil et vérifier s'il était sincère.

— Oui, aussi…

— Dans ce cas c'est différent. La recherche de la Vérité Ultime est une démarche méritoire, en revanche suivre ses passions l'est beaucoup moins… mais c'est normal, c'est de ton âge.

— Mais revenons à mes questions. Dieu existe-t-Il ?

— Qui crois-tu que je suis ? répondit l'éléphant.

— Vous êtes un dieu, mais vous êtes un rêve, enfin une partie de mon rêve.

— Les dieux sont toujours apparus dans les rêves des humains.

Antoine trouva que c'était une brillante manière de ne pas répondre à sa question.

— On m'a dit que vous étiez un dieu bienveillant…

L'éléphant hocha la tête.

— On peut dire ça. Tous les dieux ne le sont pas.

— Mais pourquoi y aurait-il tant de dieux différents ?

— Je sais que ça n'est pas le cas dans ta religion, dit l'éléphant : *Un seul Dieu adorera*, etc.

— Mais dans la vôtre ?

— À chaque dieu sa bonne cause et ses adorateurs. Vous-même n'avez-vous pas vos saints ? Saint

Christophe pour les voyageurs ? Saint Antoine pour les objets égarés ?

— Oui, sainte Rita pour les causes désespérées…

— Peut-être devrais-tu prier celle-là, dit l'éléphant.

— Vous croyez vraiment que ma cause est désespérée ?

— Les gens comme vous ont tendance à ne voir que l'apparence, à nous considérer comme des polythéistes et des idolâtres, continua l'éléphant. Toujours cette manière de ne pas répondre aux questions.

— Ce n'est pas le cas ?

— À un certain niveau oui, il suffit de visiter nos temples pour y voir toutes leurs statues, dont les miennes…

— Ça me rappelle les dieux grecs, Zeus, Poséidon, Hadès, Athéna…, dit Antoine qui essayait de se souvenir de tout ce qu'il avait appris.

— Nous sommes peut-être de la même famille.

— Vous le pensez ?

— … mais à un autre niveau nous sommes tous une manifestation de l'Un.

— L'Un ? C'est Dieu alors ?

— Oh, il y a des problèmes de vocabulaire. Le souffle vital, le Cosmos auraient dit les Grecs, enfin… Comme toujours, il y a une vérité relative et une vérité absolue. Tu comprendras. Mais tu devrais d'abord te trouver un bon gourou et apprendre à méditer...

Antoine aurait voulu savoir comment reconnaître un bon gourou, mais il s'endormit avant de pouvoir poser d'autres questions fondamentales au dieu-éléphant.

Il se réveilla. La chambre était moins sombre, dehors c'était l'aube.

Noémie avait disparu.

La température du lit avait dû chuter après le départ de la jeune fille, et le froid l'avait réveillé.

Il se leva, sortit de la chambre, passa devant celle que partageaient Tara et Clotilde – la chambre des nonnes, se dit-il –, puis celle de Noémie et Karsten. Il n'entendit rien, même pas le bruit de leurs respirations.

Il se décida pour des ablutions dans la salle de bains au bout du couloir, mais devant la lessiveuse pleine d'une eau glaciale, il renonça. Sans doute était-il possible de demander à Mme Tenzin de faire chauffer de l'eau dans une de ses grandes bouilloires ?

Il descendit dans la grande salle du bas, espérant trouver un peu de thé encore chaud sur le fourneau.

Mais Madame Tenzin, en bonne ménagère, avait tout rangé.

Il entendit un mugissement de yak au-dehors, et une voix humaine.

Cela venait de l'étable.

Il trouva Madame Tenzin assise sur un tabouret en train de traire une génisse yak en lui chantant une berceuse. Le lait giclait avec vigueur, tout à fait semblable à du lait de vache. En voyant Antoine, Madame Tenzin lui sourit et lui indiqua de la tête une porte ouverte dans l'un des murs de l'étable.

Il la franchit et trouva Tenzin et le Dr Chin attablés devant une bouteille, des gobelets en métal, et des petits cubes de tomme dans un bol.

— Antoine, vous êtes bien matinal.

— J'avais un peu froid, dit Antoine.

— Tenez, ça va vous réchauffer.

C'était fort, mais pas désagréable, un peu liquoreux. Tenzin le regardait. Antoine fit une moue d'approbation.

— C'est de l'alcool d'avoine, que Tenzin parfume avec des azalées et un peu d'épicéa.

— Ça pourrait plaire chez nous, avec une belle image de l'Himalaya sur l'étiquette.

Le Dr Chin rit.

— Si vous donnez cette idée à Tenzin, il va la mettre en œuvre. Il a déjà monté un commerce avec sa tomme. Il la fait livrer par mulets à deux grands hôtels de la capitale, et il en exporte aussi.

Antoine se dit qu'il prenait les habitudes de la campagne. Il avait deux sujets importants à débattre avec le Dr Chin : le thé et les espions chinois. Mais au lieu d'entrer dans le vif de ces sujets, voilà qu'ils prenaient d'abord le temps de discuter d'autres sujets plaisants, la tomme, l'alcool de Tenzin, et bientôt bien sûr le temps qu'il ferait.

La traduction des propos de Tenzin par le Dr Chin ralentissait encore le rythme de la conversation, aussi paisible qu'un paysage de montagne à vaches.

— Et votre thé ? finit par demander Antoine.

Le Dr Chin sourit.

— Venez, dit-il.

Il dit deux mots à Tenzin, et Antoine les suivit dans une autre pièce taillée dans la roche, que Tenzin éclairait avec sa lampe.

— Ici, la température est plus constante, dit le Dr Chin.

Dans la pénombre, Antoine reconnut la forme pâle et circulaire des grandes tommes, posées sur des tréteaux. Elles étaient encore blanches, c'était le début de l'affinage.

Une rangée plus loin, d'autres paraissaient plus avancées, prêtes à l'expédition.

Ils franchirent une autre porte pour arriver à ce qui ressemblait à une grande cuisine, avec un antique poêle de fonte sur lequel Antoine déchiffra un nom allemand ou alsacien. Une grande bassine pleine de lait chauffait doucement sur le poêle.

Tenzin y plongea une grande louche trouée, la retira et en versa le contenu – semblable à du fromage blanc en petits granules – dans des moules qui avaient la forme des futures tommes. Un jeune homme entra dans la pièce, plus grand et large que Tenzin : son fils. Il salua Antoine d'une inclination et se mit lui aussi à remplir les moules.

— Je ne vais pas vous faire un cours, dit le Dr Chin, mais très tôt ce matin Tenzin a mis de la présure dans le lait. Il a caillé à bonne température, et maintenant ce caillé est mis dans les moules. Madame Tenzin va revenir les retourner plusieurs fois dans la journée, pour que ça s'égoutte bien, et puis on démoulera demain et cela fera de bonnes tommes après quelques jours ou plus d'affinage.

— Et votre thé dans tout ça ? demanda Antoine.

Le Dr Chin désigna une petite étagère, Antoine aperçut une rangée de sachets de thé identiques à celui qui les avait menés jusque-là.

Tenzin fit un signe à son fils. Le jeune homme saisit un sachet de thé, le mit dans une poche plastique, et l'enfouit aussitôt dans le caillé qui remplissait un moule.

— Même avec le sac en plastique, le sachet garde un peu l'odeur de la tomme, c'est l'inconvénient, dit le Dr Chin.

— Mais où est fabriqué le thé, je veux dire le mélange ?

Le Dr Chin mit son index sur ses lèvres.

— C'est un grand secret.

Antoine pensa que le thé devait maintenant être produit dans les parages, et non plus du côté chinois de la montagne, devenu trop dangereux.

Il repassa par l'étable où Madame Tenzin trayait une autre yak, et se dirigea vers la maison. Dans la lumière pâle de l'aube il voyait les fenêtres briller d'une douce lueur : on avait allumé les lampes.

Tous étaient déjà attablés, dans la bonne odeur du café qu'ils avaient apporté de Katmandou. Tara et Clotilde firent semblant de ne pas le voir arriver, Noémie le regarda par-dessus son bol, et Karsten lui fit un grand sourire en lui indiquant de venir s'asseoir en face de lui. « S'il avait voulu m'en coller une, il ne commencerait pas comme cela », se dit Antoine.

— Tu as bien dormi ? demanda Karsten.

— Heu, oui..., dit Antoine.

Karsten partit d'un grand éclat de rire, au point qu'Antoine fut certain qu'il avait déjà commencé à fumer. Et Noémie sourit à Antoine l'air de dire « tu vois, pas la peine de t'inquiéter, je te l'avais bien dit ».

Clotilde se tourna brusquement vers Antoine et lui dit d'un air sévère :

— Et maintenant ? On demande au Dr Chin de revenir avec nous ? Et le thé ?

Antoine trouva qu'elle avait le ton irrité qu'on prend pour parler à un irresponsable qui ne se soucie de rien pendant que des problèmes urgents attendent.

— Je viens d'en parler avec lui, dit Antoine, il se sent à l'abri ici.

— Il veut rester vivre ici ?

— Il se sent utile, et puis par ici, tout étranger qui arrive est repéré à des kilomètres. Il peut disparaître dans la montagne quand c'est nécessaire.

Si on pensait à la vie du Dr Chin dans leur pays, à son petit logement, on pouvait comprendre qu'il se sente plus heureux ici, utile avec son activité médicale, la vue sur les plus belles montagnes du monde et la présence amicale de la famille Tenzin.

Bien sûr, il fallait se détacher des plaisirs de la grande ville, des conversations intellectuelles, des discussions avec des collègues ou des compatriotes, mais ces plaisirs étaient-ils si nécessaires ? Détachement et compassion, avec un peu de bière ou d'alcool d'avoine de temps en temps pour se réchauffer. Et bien sûr le thé magique pour sentir l'unité du moi et du non-moi universel, la nature du Bouddha présente en chacun de nous, ou la présence du Royaume selon ses préférences doctrinales, que rêver de plus ? En tout cas parvenu à un certain âge, pensait Antoine.

Clotilde gardait son froncement de sourcils contrarié.

— Je comprends le Dr Chin, dit soudain Karsten. Je crois que j'aimerais rester ici…

Noémie regarda Antoine, l'air de dire « Tu vois, il est fou… ».

— … La ville, ça ne mène à rien, continuait Karsten. On s'est complètement trompé. C'est ici qu'on peut sentir l'Unité !

Antoine imaginait bien Karsten coiffé d'un bonnet tibétain, un petit veau de yak en travers des épaules, une vision pastorale sur fond d'Himalaya, mais Noémie n'allait pas dans le tableau. Noémie aimait les plaisirs de la ville et des nouvelles rencontres.

— Et le thé ? demanda Tara.

Clotilde avait dû lui conter son extase, et visiblement Tara voulait connaître cette expérience sublime que ne lui accorderaient jamais les moines, à elle, une femme qui n'était même pas encore nonne.

— Le Dr Chin est d'accord pour qu'on en prenne tous, mais ce soir, et ensemble.

— Quel thé ? demanda Noémie.

— De quoi sentir la présence divine, dit Clotilde.

L'Ange était bonne fille, elle venait de décider que Karsten et même Noémie avaient droit à cette grande expérience. Et pourtant Antoine était certain que tous avaient dû entendre cette nuit Noémie connaître un un autre type d'extase.

Cette pensée le fit subitement rougir.

— *Relax, man !* lui dit Karsten en lui donnant une bourrade amicale qui faillit le faire tomber de son tabouret.

Il ne restait donc plus qu'à s'occuper en attendant le soir.

Ils pouvaient choisir entre une promenade en montagne avec le fils Tenzin comme guide, une visite de la cave à tommes avec dégustation, un commentaire des Écritures saintes par Tara ou Clotilde, une séance de yoga par Karsten ?

Mais le fils Tenzin entra dans la pièce et parla à Tara d'un air alarmé.

— Des gens nous cherchent, traduit-elle.

Ils sortirent. Environ cinq cents mètres en contrebas, sur la seule petite prairie assez plate qu'on pouvait trouver aux alentours, un hélicoptère s'était posé. Antoine se souvint du bruit des pales qu'il avait entendu dans son sommeil à l'aube, quand l'hélicoptère devait être en train de les rechercher.

C'était un gros hélicoptère américain avec un nez bulbeux, et peint d'un kaki militaire. Antoine reconnaissait le modèle, il l'avait déjà vu à la télévision pendant les actualités sur la guerre en Afghanistan.

Des hommes en descendirent, d'abord un grand et gros en tenue de montagne rouge, qui manqua de tomber, puis deux autres plus minces avec des tenues plus discrètes, et à leur suite, deux policiers en uniforme vert olive qui devaient venir de la capitale. Le petit groupe se mit à monter dans leur direction. Le gros en combinaison rouge semblait peiner, et les autres s'arrêtaient pour l'attendre.

Ils étaient trop loin pour les identifier, mais il n'était pas très difficile de deviner qui ils étaient.

— Comment ont-ils pu savoir que nous étions là ? demanda Tara.

Tenzin sortit de la maison, tenant un fusil muni d'une lunette, et sans un mot le tendit à Antoine.

Antoine était surpris. Tenzin voulait-il faire un carton sur les arrivants, et, en hôte délicat, lui réservait l'honneur de tirer le premier coup ? Pourtant jusque-là Tenzin lui avait paru un tranquille père de famille.

Tenzin comprit son étonnement : non, il voulait juste qu'Antoine regarde mieux les hommes à travers la lunette du fusil.

Dans la croisée de la visée, Antoine reconnut Armand, suant et soufflant dans sa combinaison de montagne rouge, Ron et Jefffrey pour qui cela semblait une promenade et qui le soutenaient de temps en temps, et les deux policiers sans doute venus de la capitale, avec leurs visages sombres, leurs moustaches et leur bérets noirs, comme une version népalaise des Dupond et Dupont. Pour arriver jusqu'à la ferme, en suivant le rythme d'Armand, une demi-heure au moins leur serait nécessaire.

Antoine se tourna vers Tara qui regardait les arrivants, et pour la première fois il vit la colère sur son visage.

Allait-elle appeler d'autres moines à la rescousse, ou invoquer des déités tibétaines qui transformeraient ces intrus en yaks ?

— Où est… le Dr Chin ? demanda Armand.

Il s'était affalé sur un banc devant l'étable. Il n'arrivait pas à reprendre son souffle, ce qui était inquiétant, Ron et Jeffrey avaient l'air soucieux. Si le lourd Armand était victime du mal des montagnes, le porter dans la pente pour le ramener à l'hélicoptère serait difficile.

— Le Dr Chin est parti hier, dit Antoine. À la chasse, avec le fils du maître de maison.

Il sentait sur lui le regard de Clotilde, qui le voyait mentir avec aisance, et il se demandait s'il ne diminuait pas dans son estime, même s'il cherchait à tromper Armand pour une bonne cause. Sans compter sa nuit avec Noémie qu'elle n'avait pu ignorer.

Antoine chassa ses pensées, pour se concentrer sur une autre : le Dr Chin et le fils Tenzin n'avaient qu'une demi-heure d'avance, et si Armand ou les policiers s'étaient mis à scruter la montagne au-dessus d'eux, ils auraient sans doute pu distinguer par instants leurs silhouettes, même s'ils essayaient de rester à couvert.

Il fallait donc occuper tous ces gens.

— Nous… devons… nous parler…, souffla Armand.

Il avait retiré ses chaussures et ses chaussettes, exhibant des orteils boudinés, et surtout deux énormes ampoules à vif aux talons, résultat de sa première vraie marche hors de la ville avec des chaussures neuves. Armand n'était pas fait pour la montagne, ni pour les situations imprévues, comme il l'avait montré lors de leur dernière rencontre à Katmandou. Il était adapté à l'environnement bien défini d'un service hospitalier, avec une mission claire et une pyramide hiérarchique. Antoine sentit une bouffée de compassion pour l'homme. Lui-même ne se sentait pas si adapté au monde, mais comparé à Armand qui pourtant avait quinze ans de plus, il se sentait comme un champion. À son âge, Armand devait avoir été la risée de ses camarades internes, puis il les avait dépassés dans la carrière grâce à sa capacité de travail et sa passion pour la recherche. En attendant qu'il reprenne son souffle, Antoine commença une conversation avec les Américains pour les distraire et les empêcher de regarder le paysage au-dessus de la ferme.

Jeffrey et son collègue Ron lui expliquèrent qu'ils avaient été embauchés par l'industrie pharmaceutique après quelques années en Afghanistan. Mais dans cette guerre ils n'avaient pas été combattants voulaient-ils préciser, ils s'occupaient d'organiser des campagnes de vaccinations dans les villages, de superviser la construction de dispensaires et des écoles. « Gagner les esprits et les cœurs », telle était leur mission pendant que d'autres de leurs compatriotes traquaient les talibans. Antoine avait du mal à croire à ce récit de mission humanitaire, ou doutait qu'elle ait été la seule. Il croyait deviner un autre passé dans le regard de Ron et Jeffrey et dans leur allure générale. Mais ce matin-là, ils se montraient cordiaux, comme s'ils voulaient effacer le mauvais souvenir de leur première rencontre.

Pendant ce temps, les deux policiers népalais étaient entrés dans la ferme, on les entendait parler à Tenzin et à sa femme. Ils ressortirent pour inspecter l'étable, puis la fromagerie. Mais les sachets de thé avaient eu le temps de disparaître, dans les tommes ou ailleurs. Les policiers questionnèrent Tara à propos du Dr Chin, en mauvais anglais, car ils ne parlaient pas le tibétain et Tara ne parlait pas le *newar*, la langue de la capitale. Elle leur répondit en anglais d'Oxford et avec toute l'assurance d'une personne qui détient le passeport d'un ancien empire sur lequel le soleil ne se couchait jamais.

Le Dr Chin était bien parti la veille à la chasse, et cette histoire de trafic de drogue était une invention grotesque.

Les deux policiers avaient l'air embarrassé, ils avaient été entraînés dans cette histoire par Armand et les Américains, et se retrouvaient bredouilles.

Assis sur un autre banc un peu plus loin, Karsten et Noémie contemplaient le paysage, et Antoine vit que Karsten avait allumé un gros joint, dont l'odeur leur parvenait par bouffées. Un des policiers le remarqua, parla aux autres.

Ils se dirigèrent d'un pas résolu vers Karsten. Ils allaient trouver un moyen de sauver la face. Antoine se tourna vers Armand.

— Ne les laissez pas embêter nos amis, Armand...

Karsten regardait les policiers approcher sans visiblement comprendre ce qu'ils lui voulaient. Dans la capitale, fumer du haschich en public n'aurait jamais fait arrêter quiconque. Noémie comprit un peu plus vite et lui fit signe de jeter ce qu'il fumait, mais c'était un peu tard.

— ... si vous voulez en savoir un peu plus sur le thé, ajouta Antoine.

Armand fit un signe à Jeffrey, qui alla parler aux policiers. Ils s'arrêtèrent de questionner Karsten et se mirent à discuter entre eux. Ils revinrent trouver Armand.

— *We have to go*, dirent-ils d'un air plutôt mécontent.

— *Okay*, dit Armand, *thank you for everything.*

Puis ils redescendirent jusqu'à l'hélicoptère. Armand resta sur son banc, encadré par Ron et Jeffrey qui voyaient avec satisfaction qu'il reprenait son souffle.

— Vous ne repartez pas ? demanda Clotilde

— Nous étions venus ici pour être tranquilles, dit Tara.

Les deux anges avaient pris leur masque sévère, et côte à côte, elles avaient l'air d'avoir le pouvoir d'abattre une malédiction sur Armand et les deux Américains, même s'ils ne s'en rendaient pas compte.

— On va pouvoir enfin se parler, dit Armand, j'aimerais tant que vous compreniez mon point de vue…

Armand voulait s'expliquer, et pourquoi pas ? pensa Antoine.

Pendant qu'ils l'écouteraient, le Dr Chin et le fils Tenzin auraient le temps de s'évanouir dans la montagne.

Le froid de l'aube s'était complètement dissipé, tous étaient restés assis dehors à converser au milieu de ce magnifique paysage. Madame Tenzin leur avait apporté des bols qu'elle avait remplis de bouillie d'avoine fumante, et une assiette de petits carrés de tomme.

— J'ai l'impression que vous me considérez comme le méchant, plaidait Armand... Alors que j'ai de bonnes intentions, enfin *nous* avons de bonnes intentions dit-il en englobant Jeffrey et Ron qui approuvèrent de la tête.

— De bonnes intentions... Armand, êtes-vous croyant ? demanda soudain Clotilde.

Armand la regarda.

— Je ne sais pas... enfin je crois qu'il existe un principe créateur.

Un bon point pour lui, pensa Antoine, il essaie d'être sincère.

— Mais vous avez bien été élevé dans une religion ?

— Oui, j'ai été élevé dans la religion protestante, mais je ne pratique plus guère.

— Alors pourquoi vous intéressez-vous au thé du Dr Chin ?

— Mais... Pour la science, dit Armand.

— Vous voulez nous faire croire que le laboratoire qui vous envoie a monté cette expédition juste pour la science ?

— Le laboratoire trouvera sûrement des applications, mais pour moi c'est l'intérêt scientifique qui prime !

Clotilde haussa les épaules, mais cela ne découragea pas Armand.

— Ce serait une découverte majeure de voir quels sont les mécanismes cérébraux impliqués dans la croyance. Cette drogue permettrait de les explorer.

— Vous voulez dire : découvrir une sorte de biologie de la foi ? demanda Tara.

— Exactement !

Jeffrey et Ron écoutaient en silence, les mains autour de leur bol fumant comme deux bons garçons qui ne parleront que si on leur pose des questions.

— Vous voulez ramener la foi à une histoire de biochimie du cerveau ?

Clotilde avait pris un air réprobateur, comme si elle dialoguait avec un hérétique.

— Pas seulement, dit Armand, qui se rendait compte qu'il s'était fourvoyé.

— En fait vous êtes un matérialiste, dit Clotilde, vous croyez qu'il n'existe rien d'autre que la réalité matérielle.

— Je ne sais pas…, dit Armand. Ce thé permet peut-être d'accéder à une autre réalité, justement. Cela prouverait qu'il y a… autre chose. Cela ferait entrer la foi dans le domaine de la science…

— Ce que vous voulez, c'est manipuler les gens ! s'écria soudain Karsten.

Armand le regarda avec surprise, il ne s'attendait pas du tout à ce que ce grand gars à la chevelure de hippie prenne part à ce débat scientifique.

Il remarqua le joint, l'allure de Karsten, et crut comprendre à qui il parlait.

— Mais vous-même vous n'aimeriez pas en prendre de ce thé ?

— Oui, bien sûr, dit Karsten. Mais c'est personnel, cela fait partie de ma quête. Je veux entrer en contact avec… tout ça, dit-il en balayant le paysage d'un geste large.

— Eh bien voilà ! Si nous arrivons à comprendre la composante active de ce thé, nous pouvons la synthétiser et la rendre disponible pour des gens comme vous.

— Mais je n'ai pas besoin de Big Pharma pour ça ! Ce thé, il est au bout de mon chemin personnel, il arrive juste quand je le mérite, c'est mon *karma* !

Karsten élevait la voix de plus en plus. Jeffrey et Ron avaient reposé leurs bols et l'observaient, comme deux chiens de garde. Karsten se tourna vers eux.

— Et je ne vous aime pas non plus, dit-il avec vos gueules de CIA ! Retournez donc tuer des gens en Afghanistan ou ailleurs !

Les visages de Jeffrey et Ron se crispèrent, ce n'était sans doute pas la première fois qu'ils se faisaient insulter et la possibilité d'en venir aux mains avec le colossal Karsten n'avait pas l'air de les inquiéter du tout, au contraire.

Armand s'énerva aussi.

— Écoutez, ne vous en mêlez pas. C'est un débat entre professionnels !

Oups, pensa Antoine.

— Ah oui, ma parole ne vaut rien, alors ? s'écria Karsten, cette fois vraiment en colère, et Noémie lui agrippa le bras pour le faire rester assis

— ... Enfin, vous n'allez pas continuer comme ça ! s'écria Antoine. Nous sommes entre gens raisonnables, chacun peut donner son point de vue...

Karsten, gêné, sembla réaliser qu'il était un peu sorti de la Voie.

— Jamais des bouddhistes ne se disputeraient comme ça ! dit Tara. Elle se leva. Je reviens. N'en profitez pas pour recommencer à vous disputer.

— Armand, parlez-moi un peu de votre foi, dit Antoine. Qu'est-ce que vous entendez par principe créateur ?

Armand accueillit cette diversion avec soulagement.

Antoine le fut aussi, car quelques secondes plus tôt il avait aperçu au loin dans la montagne les deux minuscules silhouettes de Tenzin et du Dr Chin passer entre deux rochers.

— Il suffit de raisonner, dit Armand. La science nous le dit.

Clotilde haussa les épaules.

— Les preuves scientifiques de l'existence de Dieu ?

— Laissons parler Armand, dit Tara qui était revenue tenant un plateau chargé de tasses, suivie par Madame Tenzin qui portait une grande théière de cuivre.

Armand commença à s'expliquer.

Antoine ne sortit pas son carnet, car il ne voulait pas avoir l'air d'un élève devant Armand.

— Voilà, dit Armand, quand j'ai commencé à ne plus me sentir croyant, je me suis intéressé aux preuves de l'existence de Dieu. Vous savez que l'Église catholique affirme qu'on peut croire en Dieu par la seule raison ?

Clotilde approuva.

— C'est dans la lignée de saint Thomas d'Aquin, dit-elle. L'encyclique *Fides et Ratio*. Mais je ne pense pas que cette encyclique tienne la route très longtemps.

— Pas plus que celle sur l'infaillibilité papale ! dit Armand avec son petit rire sardonique habituel.

« Arrête, malheureux », pensa Antoine.

— Quels sont ces arguments des catholiques pour l'existence d'un Dieu ? demanda Tara. Pour elle, tibétaine, bouddhiste et britannique, le catholicisme et son pape devaient paraître aussi exotiques que le Dalaï-Lama pour les Européens.

— En résumé, il y en a cinq, dit Armand. Premièrement, la preuve par le mouvement. L'univers est en mouvement, les planètes, la vie, etc., or tout mouvement est causé par un mouvement précédent, donc il faut bien au départ un point fixe d'où parte ce mouvement.

— Ça s'appelle aussi le « moteur immobile », dit Clotilde, ça vient d'Aristote.

— Mais si l'univers a toujours été en mouvement, pourquoi faudrait-il un mouvement initial ? dit Tara en haussant les épaules devant une telle absurdité.

— Je vous donne les arguments, je ne les défends pas, dit Armand. Le suivant, assez voisin, c'est que tout, dans notre monde, est une suite de causes et d'effets. Donc si vous remontez de cause en cause, au début de cette suite infinie de causes, il faut nécessairement une cause première.

— Même remarque, dit Tara, oui, tout est interdépendant et donc dans une suite de causes et d'effets, le Bouddha nous l'a dit, pourquoi faudrait-il qu'il y ait un début ? Pourquoi une cause première si l'univers est perpétuellement cyclique ?

— Il y a bien eu une cause première, dit soudain Ron. Ce qui a déclenché le *big bang*.

Personne ne s'attendait à voir Ron participer à une discussion théologique. Mais c'était oublier que l'Amérique était un pays fondé par des croyants.

— Mais on ne sait pas ce qui s'est passé avant le Big Bang, dit Tara. Peut-être avant était-ce l'effondrement de l'univers précédent en un point minuscule, comme cela pourrait arriver à celui-ci, il pourrait donc y avoir des Big Bang cycliques !

Finalement chacun pouvait tirer la science dans sa direction.

— Pourquoi pas ? dit Armand… Mais finissons-en : la troisième preuve est plus métaphysique. Tous les êtres, animaux, végétaux, nous, les montagnes, dit-il en désignant le paysage, pourraient exister ou ne pas exister, les philosophes appellent ça être contingent. Donc pour qu'ils existent, il a bien fallu que quelque chose existe avant, quelque chose justement qui ne puisse pas exister ou ne pas exister, qui ne dépende de rien, qui ne soit pas contingent : c'est Dieu. Car autrement pourquoi y aurait-il quelque chose plutôt que rien ?

— C'est la question de Leibniz, dit Clotilde.

— Bouddha nous dit que tout est interdépendant, et contingent si vous voulez – chez nous, on dit plutôt conditionné – et aussi impermanent, éphémère, et rien n'échappe à cette réalité, donc il n'y a rien de permanent et de non contingent.

— Sauf la Loi, le Dharma, dit Clotilde.

Tara parut embarrassée.

— Oui, dit Tara, le Dharma est la seule transcendance…

— Le Dharma est éternel, ne dépend d'aucune cause, et n'est pas soumis à la souffrance, dit Clotilde. C'est un peu comme Dieu, non ?

— Oui, mais pas comme le Dieu des chrétiens, dit Tara. Plutôt celui de Spinoza. J'ai réfléchi là-dessus, c'est le thème de mon mémoire.

Elle s'expliqua : pour Spinoza, il n'y avait pas de Dieu au-dessus du monde, ou qui aurait créé le monde. Dieu était le Monde, la Nature, Dieu était immanent.

— C'est du panthéisme, dit Clotilde.

— On peut dire ça, dit Tara.

— Vous ne voulez pas entendre les derniers arguments ? demanda Armand.

Armand voulait toujours aller jusqu'au bout de ce qu'il avait prévu de dire, Antoine l'avait déjà remarqué.

— Allez-y, dit Antoine.

— La perfection des êtres, dit Armand. Par exemple, comment concevoir quelque chose de plus parfait qu'un œil pour voir, l'oreille pour entendre, même nos machines n'y arrivent pas aussi bien.

Donc il a bien fallu un être parfait pour créer toutes ces perfections.

— Je ne sais pas si je me sens si parfait, dit Antoine. Et puis il existe aussi d'horribles parasites parfaits pour tuer les gens. En plus, la théorie de l'évolution peut expliquer toutes ces perfections.

Jeffrey se raidit.

— Mais la théorie de l'évolution ne peut tout expliquer, dit-il. Au début, il a bien fallu une Création…

Comme Ron, Jeffrey semblait croire aussi en un Dieu créateur du monde, tout en acceptant la théorie de l'évolution, contrairement à certains de ses compatriotes de la *Bible Belt* qui prenaient encore la Genèse au sens littéral.

— L'évolution, c'est un autre débat, coupa Armand – ce qui contraria Jeffrey, mais il ne s'en rendit pas compte. La dernière preuve, un peu de la même veine, car fondée aussi sur l'observation de la nature : il y a un ordre dans la nature, donc il faut bien une intelligence qui ait créé cet ordre.

Et Armand ricana à nouveau.

Clotilde fronça les sourcils. Elle n'aimait pas qu'on se moque des efforts des humains pour croire en Dieu. C'était la faiblesse d'Armand : même quand il voulait se concilier les gens, il ne pouvait s'empêcher de les irriter.

— À l'université, j'ai appris ce que disait Voltaire, dit Tara. « L'univers m'embarrasse, et je ne puis songer que cette horloge existe et n'ait pas d'horloger. »

— Où sont mes chaussures ? demanda soudain Armand.

Armand était certain d'avoir laissé ses chaussures sécher au soleil, à quelques mètres de l'endroit où ils étaient tous assis, au bord d'un pré où paissaient les yaks. Elles avaient disparu.

Ron et Jeffrey s'étaient aussitôt levés, regardant alentour. Appelé, Tenzin sortit de la ferme. Tara lui parla. Non, ni lui ni sa femme n'avaient décidé de ranger les chaussures d'Armand ni de les mettre près du feu pour les faire sécher.

— Mais c'est incroyable, tempêtait Armand. Elles ne se sont pas volatilisées !

— Armand, c'est peut-être un miracle, dit Antoine. Notre conversation a attiré l'attention d'une puissance supérieure, voilà une preuve qu'il y a autre chose que le monde réel.

Mais sa tentative de détendre l'atmosphère échoua : Clotilde et Tara n'aimaient pas ce genre de plaisanterie, Armand restait irrité par la disparition des chaussures, Ron et Jeffrey gardèrent leur sérieux professionnel, seuls Karsten et Noémie sourirent.

— Mais enfin, il faut les trouver, s'exclama Armand ! Je ne vais quand même pas marcher pieds nus !

Antoine remarqua à quelque distance qu'un yak avait l'air de mâcher quelque chose. Il vit que le regard de Tenzin s'était aussi arrêté sur l'animal. Il avança vers le yak qui abandonna ce qu'il mâchait en s'éloignant. Tenzin ramassa dans l'herbe quelque chose qui ressemblait à une grosse tartine de caoutchouc, puis une autre : les chaussures d'Armand.

— Non, non, ce n'est pas possible ! gémit Armand.

Pieds nus, il s'avança vers Tenzin qui lui tendit les restes des chaussures d'un air navré. Karsten souffla à Antoine :

— C'est le sel. Ils ont dû être attirés par le sel. Votre confrère doit beaucoup transpirer des pieds !

Il partit soudain d'un fou rire qui gagna tout le groupe, Noémie, Tara, Clotilde, et même Ron et Jeffrey, tandis qu'Armand, debout au milieu des herbes, l'air accablé de celui sur lequel un destin injuste s'est abattu, tenait deux loques humides qui avaient été de très belles chaussures de montagne.

Finalement, son infortune avait rendu Armand plus sympathique, tous s'étaient sentis un peu gênés de leur fou rire peu charitable, et maintenant ils voulaient se montrer amicaux avec lui. Madame Tenzin avait apporté des pantoufles en feutre et les avait mises aux pieds d'Armand, pendant que Tenzin posait sur la table des chopes de bière pour unir le groupe dans la bonne humeur.

Mais Ron et Jeffrey n'y touchèrent pas. Ils ne boivent pas en service, pensa Antoine, en les voyant rester devant leur tasse de thé.

Armand semblait réconforté par les égards qu'on lui avait montrés, et après avoir bu une bière, il voulut plaisanter.

— Finalement, c'est une preuve de la continuité, les chaussures sont faites de cuir, qui provient des ruminants, le yak mâche les chaussures, et les agrégats du cuir reviennent au ruminant, c'est le cycle des réincarnations, c'est le *samsara* !

Antoine trouva la plaisanterie plutôt bonne, mais là encore elle était maladroite : Tara fusilla Armand du regard.

— Je pense que vous devriez en rester aux preuves de saint Thomas, voilà votre domaine et votre tradition.

Armand resta interloqué, la bouche un peu ouverte, il n'arrivait pas à situer Tara dans son échelle de valeurs – une guide locale, une étudiante ? – pendant qu'elle ajoutait :

— Moi, je ne plaisante pas avec la Sainte Trinité !

Même Karsten eut envie de venir au secours d'Armand.

— Armand, vous savez bien sûr qu'on peut aller plus loin dans cette histoire de grand horloger. Les quatre constantes…

Armand approuva de la tête, soulagé de découvrir quelqu'un avec qui il pouvait s'entendre. Il devait encore espérer tous les convaincre de sa bonne foi, et se faire mener au Dr Chin et au thé miraculeux.

— Les quatre constantes, oui je crois que j'ai lu quelque chose là-dessus, dit Tara, mais c'est de la physique.

— Il y a quatre grands type d'interactions dans l'univers, expliqua Karsten, enfin l'univers *matériel*, et cela explique tous les phénomènes.

— Interaction, donc tout est bien interdépendant, souligna Tara.

— Oui, on peut dire ça. Chaque type d'interaction se manifeste par une force, par exemple la gravité, et pour cette force-là la constante de gravitation bien connue *g*, qui permet de calculer la force qu'exercent les corps les uns sur les autres...

Antoine frémit, cette phrase sur l'attraction des corps lui avait fait penser à Noémie.

— ... et la vitesse à laquelle va retomber ce morceau de tomme...

Karsten prit un carré de tomme dans la paume de sa grande main, la lança en l'air et la fit retomber dans sa bouche ouverte.

— Bravo ! dit Clotilde.

— Je faisais toujours ça avec mes élèves, dit Karsten, ça captait leur attention.

— Vous avez été professeur ?

— Oh, pas longtemps... Bon, on connaît la constante de gravitation *g*, mais il y a d'autres interactions avec chacune sa constante, l'interaction électromagnétique, nous vivons au milieu de champs magnétiques, et heureusement d'ailleurs car autrement on se prendrait trop de rayonnement solaire et on grillerait sur place, ou plutôt il n'y aurait jamais eu de vie sur terre... Et puis dans l'infiniment petit, il y a deux autres interactions entre les noyaux atomiques, l'interaction faible qui produit la radioactivité par exemple, et puis la forte, plus forte et aussi plus difficile à expliquer… Bon, eh bien si les quatre constantes, dont *g*, de ces interactions étaient un peu différentes, rien ne marcherait, si vous voulez, l'univers, les atomes tels que nous les connaissons n'existeraient pas, ce serait d'autres univers dans lesquels nous, les humains, n'existerions pas non plus, conclut Karsten en buvant quelques gorgées de sa chope que Tenzin venait de remplir à nouveau.

— Mais pourquoi n'existerait-il pas d'autres êtres adorant Dieu ? demanda Antoine.

— En fait même la vie, telle que nous la connaissons, fondée sur les atomes de carbone, n'existerait pas, donc difficile de savoir *qui* adorerait, dit Karsten.

Armand regardait Karsten d'un air soulagé, comme un professeur qui découvre qu'un élève indiscipliné est plus brillant qu'il ne le pensait, et qu'il est donc possible de dialoguer avec lui.

— Voilà, dit Armand, ce que vous venez de m'expliquer, c'est ce qui me fait croire en un principe créateur, un Dieu créateur si vous voulez. Que ces quatre constantes soient si parfaitement accordées, entre des millions de combinaisons possibles pour arriver à notre apparition sur terre. Mais à part qu'il soit créateur, je ne vois pas pourquoi ce principe ressemblerait au Dieu de la Bible...

— Mais, dit Karsten, même l'harmonie de ces quatre constantes ne prouve pas forcément un principe créateur, un dessein divin.

— Mais enfin, si...

Armand regarda Antoine comme pour l'appeler à l'aide, mais celui-ci voulait savoir comment pour Karsten ces quatre constantes si bien ajustées ne prouvaient même pas l'existence d'un Dieu créateur ayant le projet de voir apparaître un jour la vie et ensuite l'homme.

— Non, dit Karsten, on peut aussi imaginer qu'il est *arrivé* quantité d'autres univers avec des constantes et des lois physiques différentes, et que nous pouvons en parler aujourd'hui parce que nous avons la chance unique d'être dans le seul compatible avec la vie... Mais ce serait juste une question de hasard – il y aurait, parmi des millions ou des milliards d'univers, un seul où pouvait apparaître l'espèce humaine – et de nécessité – les lois physiques de chacun de ces univers. Donc pas de Dieu créant un univers juste pour voir apparaître l'homme, ce qu'on appelle justement la théorie anthropique de l'univers, d'*anthropos* : homme.

— Cet Univers créé pour l'homme, c'est biblique, dit Antoine.

— Oui, bien sûr, mais les millions d'univers arrivant au hasard, c'est *la théorie des multivers...* avec une seule combinaison gagnante pour que la vie apparaisse, par le plus grand des hasards, comme quand la machine à sous aligne quatre cerises ! Ou plutôt, vu le nombre des possibilités, comme si mille machines à sous montraient toutes en même temps quatre cerises !

Cette hypothèse troublante portait le nom de *théorie des multivers*, expliqua Karsten.

— ... et c'est la dernière tentative des athées pour nier l'existence d'un dieu créateur, conclut-il.

L'air satisfait de sa démonstration, il finit sa chope.

— Bof, dit Clotilde, toutes ces preuves de l'existence de Dieu, ou de sa non existence, sont des explications donnée par notre intelligence humaine. Comment pouvons-nous être sûr de *comprendre* un être infiniment plus grand et plus parfait que nous ?

— Je suis d'accord, dit Karsten, même si je ne crois plus au Dieu de la Bible.

— « Les desseins du seigneur sont impénétrables » dit Antoine, se rappelant d'une théodicée qu'il n'avait pas eu le temps de noter à cause de l'arrivée de Noémie.

— Exactement, dit Clotilde.

— Et puis si l'on prouvait l'existence de Dieu, il n'y aurait plus de vie morale ! s'exclama Noémie.

Antoine aurait aimé que tous entendent le point de vue de Kant rapporté par Noémie, mais Armand changea brusquement de sujet.

— Bon, content de cette bonne discussion, dit-il, mais il nous faut retrouver le Dr Chin. Quand revient-il ?

— On ne sait pas, dit Tara.

— On va l'attendre, dit Armand. Un vieux monsieur comme lui ne peut pas rester indéfiniment dans la montagne.

— Vous n'êtes pas invités, dit Clotilde.

— Oh, nous avons des tentes, dit Jeffrey, l'hélicoptère a laissé tout ce qu'il faut. Nous pouvons nous installer un peu plus bas.

— Là-bas, dit Ron, en désignant une petite prairie près d'un ruisseau, ça a l'air si joli !

Antoine fut surpris, le mot « joli » sonnait bizarrement dans la bouche de Ron.

— Ce terrain appartient aux Tenzin, dit Antoine, même s'il n'en était pas certain.

— Je vais le dire calmement, *brother,* dit Karsten, mais on ne vous veut pas dans notre paysage. Rappelez votre hélico…

Madame Tenzin écoutait la conversation sans la comprendre. Tara lui traduisit et l'embarras apparut sur le visage de cette gentille dame, prise entre les devoirs d'hospitalité et le fait que ces nouveaux arrivants n'étaient pas bienvenus pour ces hôtes. Antoine se demanda comment réagirait son mari, qui pour l'instant avait disparu à l'intérieur.

— … Autrement, je suis sûr que je peux vous botter les fesses jusqu'en bas de cette montagne, continua Karsten.

Il se prenait vraiment pour Thor. Noémie s'accrocha à lui.

— Tu ne vas pas recommencer, gémit-elle.

— Mais calmez-vous, enfin ! dit Armand. Vous pouvez calmer notre ami ? dit-il en se tournant d'un air inquiet vers Jeffrey et Ron.

— Mais je suis calme, dit Karsten en s'approchant de lui.

Mais surprise, Jeffrey et Ron ne réagirent pas. Ils restaient assis, les yeux clos, si silencieux qu'Antoine crut un instant qu'ils s'étaient assoupis.

Mais soudain, sans ouvrir les yeux, Ron se mit à chantonner d'une voix douce.

Amazing grace, how sweet the sound,
That saved a wretch like me !
I once was lost but now I'm found,
Was blind, but now, I see…

Jeffrey ouvrit les yeux, regarda son collègue d'un air heureux. Et puis il tomba à genoux dans l'herbe et entonna avec lui.

— ...*Twas grace that taught my heart to fear,*
And grace, my fears relieved.
How precious did that grace appear
The hour I first believed.

Et Antoine vit le sourire de Tara.

Noémie s'était mis quelques azalées dans les cheveux, elle ressemblait à une nymphe des bois et des prés, tandis que Karsten venait de récolter une grande brassée de tiges de haschich. La plante poussait naturellement dans les parages comme une herbe sauvage.

Après le déjeuner, Clotilde et Tara avaient commencé une discussion de théologie comparée sur les Trois Corps du Bouddha et la Sainte Trinité. Pouvait-on comparer le *dharma-kaya*, le corps de vérité du Bouddha, à Dieu le Père ou tout simplement au Verbe ? Et quelle similitude pouvait-on trouver entre son corps de Manifestation ou *nirmana-kaya* et Jésus, le Verbe qui s'était fait chair selon saint Jean ?

Antoine s'était vite senti dépassé. Et quand il voulut demander des précisions à Clotilde, elle lui avait répondu d'un ton légèrement contrarié, comme s'il interrompait sa fructueuse conversation avec Tara. Alors il avait décidé d'aller s'asseoir un peu plus loin pour prendre des notes sur les cinq preuves de Thomas d'Aquin et la théorie des *multivers*.

De temps en temps il jetait un coup d'œil aux jeunes filles, toujours absorbées dans leur conversation.

Il s'efforçait de ne pas trouver désolant qu'elles deviennent bientôt nonnes. « C'est leur voie », essayait-il de se convaincre.

Ils attendaient la fin de l'après-midi, le moment merveilleux où ils commenceraient à boire le thé magique. Même Armand : Antoine avait voté en sa faveur ainsi que Noémie (comment exclure quelqu'un alors qu'ils étaient tous à la recherche de l'Unité, avait-elle soutenu) et Karsten sous l'influence de Noémie et sans doute un peu honteux de ses éclats de voix. Clotilde et Tara avaient voté contre, doutant de la pureté des intentions d'Armand.

Pendant ce temps, Ron et Jeffrey continuaient de vivre paisiblement leur extase, bouclés dans une des chambres de la ferme. Tara avait révélé qu'elle avait ajouté au thé un tranquillisant prélevé dans la pharmacie du Dr Chin, ce qui garantissait leur tranquillité à tous pour un certain temps.

Antoine avait proposé qu'on boive le thé en deux groupes successifs, afin qu'ils ne s'envolent pas tous en même temps pour un autre monde, et que certains restent toujours assez lucides, en plus du couple Tenzin, pour faire face aux événements. Clotilde, Noémie et Karsten en boiraient avant le dîner, Antoine et Tara et Armand plus tard, dès que le trio précédent serait revenu sur terre.

Antoine s'était occupé une grande partie de l'après-midi à calmer Armand, qui oscillait entre l'indignation et l'angoisse.

— Comment avez-vous pu me faire un coup pareil ? À moi, votre confrère ? gémissait-il.

Armand faisait des progrès, il n'avait pas dit « votre supérieur ».

— On ne vous a rien fait de mal, simplement on n'aimait pas trop la présence de Ron et Jeffrey, rien de personnel, je suis sûr que ce sont de braves garçons.

— Et en plus, vous vous payez ma tête !

La colère initiale d'Armand s'était dissipée, il restait incrédule devant une telle abolition de la hiérarchie médicale, tout en se rendant vaguement compte que les circonstances étaient exceptionnelles.

— Mais pas du tout, dit Antoine, d'ailleurs j'ai voté pour que vous expérimentiez ce thé. Tenez, allons faire un tour, ça va nous détendre et nous mettre en condition pour ce soir.

Et ils partaient pour une promenade autour de la ferme. Mal assuré dans ses chaussons de feutre, Armand avançait à petits pas précautionneux.

Il avait peu à peu accepté que non seulement il ne retrouverait pas le Dr Chin cette fois-ci, mais aussi qu'il allait passer la nuit à la ferme, car il ne pouvait rappeler l'hélicoptère sans l'aide de Jeffrey et Ron qui n'étaient pas encore revenus dans ce monde.

Mais l'indignation d'Armand le reprenait chaque fois que leur déambulation les ramenait près de la fenêtre de la chambre des Américains, et qu'il entendait leurs ronflements à travers les persiennes.

— Je déteste cet endroit ! Je déteste la campagne, la montagne, et passer la nuit ici !

Armand regrettait son hôtel pour touristes de la capitale, avec son eau chaude, sa grande baignoire, et les jolies serveuses en sari qui lui apportaient le menu du soir.

— Vous devriez essayer de profiter au contraire, dit Antoine. Ce n'est pas donné à tout le monde de passer du temps au milieu de toute cette beauté.

— … En plus, peut-être que ces deux-là ne seront pas remis demain, il faudra passer une nuit de plus dans ce trou !

— Tara n'a pas mis une si forte dose. Ils seront sûrement réveillés demain après-midi. Bien sûr, il leur faudra peut-être un plus de temps pour être sur le pied de guerre...

Le plan était de partir bien avant leur réveil et de rejoindre le Dr Chin dans un monastère plus haut dans la montagne, à trois cols de là.

— Vous êtes fou ! s'écria soudain Armand. Vous ne vous rendez pas compte !...

— Mais, si, Armand, je crois que je me rends compte de l'intérêt de ce thé, et des précautions qu'il faut prendre, comme par exemple ne pas divulguer son secret de fabrication à un laboratoire pharmaceutique américain.

Armand s'arrêta de marcher.

— Mais on ne peut arrêter la science !

Antoine vit qu'Armand était sincère. Pour lui, se faire subventionner par le laboratoire était une commodité habituelle, une grande partie de la recherche médicale était financée par l'industrie privée.

— La science, peut-être, mais je crois que vous vous ne vous rendez pas compte que Ron et Jeffrey ne sont pas là que pour la science.

— C'est vous qui ne vous rendez pas compte des dangers que vous courez ! La Chine est de l'autre côté de cette montagne, continua Armand en désignant la direction opposée – il n'avait pas le sens de l'orientation – et les services chinois déjà sans doute à votre recherche !

— Oui, sans doute, mais le temps qu'ils trouvent notre piste...

Mais Antoine n'était pas aussi rassuré qu'il voulait le laisser paraître. Les Chinois devaient enquêter depuis leur départ de Katmandou, et comment être sûr qu'ils ne trouveraient pas un témoin de leur départ ?

— Revenons, dit Armand, j'ai froid.

Un bourdonnement régulier se fit entendre, et puis un autre, un écho.

Antoine regarda au loin. La silhouette d'un hélicoptère venait d'apparaître sur le fond d'une des vallées qu'ils dominaient.

— La police revient ! s'exclama Armand.

Il souriait à nouveau, il était certain d'être de retour ce soir dans la chambre douillette de son hôtel.

Karsten avait aperçu l'hélicoptère, et alla jeter sa brassée de haschich derrière un buisson.

— Si c'est encore la police, vous n'allez pas leur raconter n'importe quoi, dit-il en s'approchant d'Armand, menaçant.

— Je n'ai besoin de rien leur dire, ils n'auront qu'à voir eux-mêmes, dit-il en désignant la fenêtre de la chambre des deux Américains.

— Il faudrait peut-être l'enfermer tout de suite, dit Karsten à Antoine.

Mais Antoine ne répondit pas, il gardait les yeux fixés sur l'hélicoptère qui s'approchait.

Ce n'était pas le même hélicoptère.

C'était un énorme modèle de fabrication soviétique, muni d'ailettes bardées d'armes variées, qui lui donnait un air redoutable.

Il se posa plus loin que le précédent, car il lui fallait plus de surface pour étaler ses longues pales.

Déjà Tenzin était là, regardant dans la lunette de son fusil.

Il poussa un petit cri de surprise, et tendit l'arme à Antoine.

Dans la croisée de la visée, Antoine vit une file d'hommes descendre de l'hélicoptère.

Huit, compta-t-il.

Leurs tenues de camouflage blanches et grises étaient adaptées à la montagne, ils avaient des fusils, c'étaient des soldats.

Les Chinois arrivaient.

Antoine voyait de la gaîté dans la démarche bondissante de Tara, comme si cette ascension n'était qu'une randonnée, alors que le but était de mettre une grande distance entre eux et les militaires chinois avant la tombée de la nuit.

Ils étaient parvenus à une plus grande altitude, et la beauté des paysages qu'ils découvraient le sidérait. Dans la lumière du couchant, les cimes se dévoilaient, harmonie rose et or sur le fond du ciel d'un bleu profond. De temps en temps, il entrevoyait au loin un lac de glacier, déjà de la couleur de la nuit.

Les arbres avaient disparu depuis longtemps, ils avançaient au milieu de rochers semés de lichen, avec parfois des passages où il fallait s'aider des mains.

— La nuit vient, on ne va pas pouvoir marcher encore longtemps, souffla Tara.

Ils avaient emporté les lampes torches des Américains. Mais dès qu'elle ne pourrait plus voir les sommets, Tara aurait peine à s'orienter, et se perdre en montagne à la nuit tombante était une expérience à éviter.

Soudain, sur un rocher, Antoine remarqua des caractères gravés.

— Un mantra, s'écria Tara, nous sommes dans la bonne direction !

Mais continuant de lire le mantra en avançant, elle fit un pas de trop et Antoine la rattrapa à l'instant où elle perdait l'équilibre. Il préféra ne pas regarder le fond du gouffre dans lequel elle avait failli tomber.

— Il faut toujours faire attention ! dit-elle comme si elle se réprimandait elle-même. Merci, merci.

— C'est encore loin ?

Elle regarda le défilé qui s'ouvrait devant eux, une petite passe entre d'énormes rochers.

— Trop loin pour ce soir.

— On va passer la nuit dehors ?

— Pas exactement dehors, vite il faut se dépêcher.

À la ferme des Tenzin, ils avaient pris les décisions très vite.

Tara partirait avec Antoine vers le monastère de montagne où était allé se réfugier le Dr Chin. Clotilde, Noémie, Karsten et Armand, guidés par

Tenzin et sa femme, prendraient une voie de traverse pour s'éloigner de la ferme et rejoindre un village plus loin dans la vallée où se trouvait un poste de police. Jeffrey et Ron avaient été tirés de leur torpeur, mais non de leur extase, ils avaient suivi le mouvement, l'air aussi heureux que des pèlerins près de leur but. Au terme de leur ascension, les soldats chinois trouveraient la ferme vide, hormis les yaks, et bien sûr pas un seul brin de thé. Après quoi, il ferait assez nuit pour que l'hélicoptère ne puisse plus voler, et le lendemain, même avec leur appareil, ils auraient assez de voies à explorer pour que cela laisse suffisamment d'avance à Tara et Antoine, c'était leur espoir.

À quelques pas devant lui Tara devenait une silhouette de moins en moins visible dans la pénombre.

Depuis plusieurs minutes, l'air était devenu glacial.

Ils avaient emporté les couvertures de survie de l'équipement de Ron et Jeffrey, mais pas les tentes dont le poids aurait trop ralenti leur marche.

Antoine se tordit une cheville. Il devenait difficile de marcher plus longtemps sans allumer leurs lampes.

— On est arrivé, dit Tara.

Au sommet d'une petite éminence, appuyée contre une paroi rocheuse, il distingua une cabane.

— Un ermitage, précisa Tara.

L'habitation n'avait pas de porte, seule une tenture de feutre masquait l'entrée.

À l'intérieur, Tara alluma sa lampe.

Antoine se sentit presque aussi consterné qu'Armand à la perspective de passer la nuit dans cet endroit. Une natte sur le sol, un air glacé qui passait par les planches disjointes des murs. Sur une petite tablette, une statue en métal noirci de Bouddha, ou plutôt d'un saint homme…

— Milarepa, dit Tara.

Et puis, dans un coin obscur, à demi cachée par une planche, une grande statue de bois peint d'un bleu sombre, avec l'habituel regard furieux et la mâchoire de fauve.

— Mahakala ? dit Antoine.

— Non, c'est son épouse, Palden Lao… la divinité protectrice du Tibet. C'est un ermite qui vit là, mais cet hiver il est tombé malade, on l'a ramené au monastère.

Elle étala leurs couvertures de survie, et rassembla en de vagues oreillers un paquet de vieilles hardes de feutre qui sentait le yak. Elle avait l'air à l'aise, comme si passer ses nuits dans ce genre d'endroits était habituel pour elle.

Dans un fouillis près d'un petit fourneau de terre, Antoine dénicha une lampe à huile, ou plutôt à beurre de yak.

— Très bien, on économisera nos lampes, comme ça, et puis ça nous chauffera un peu.

Pour la deuxième fois, Antoine prit conscience du froid glacial qui les entourait. L'ermite avait tenté de colmater les interstices entre les planches avec des bouts de feutre et du papier, mais ce n'était pas un perfectionniste.

En même temps, consolation esthétique, à la lueur dorée de la lampe, le visage de Tara prenait une beauté à la fois plus sauvage et plus bouddhique comme un masque dont le modèle s'était transmis à travers les générations au milieu des plus hautes montagnes du monde. Elle lui sourit, un éclair blanc dans la pénombre

— Et maintenant dodo, dit-elle. Il faut partir tôt demain.

Au début, ils espéraient pouvoir s'endormir. Mais il faisait trop froid. Il n'y avait pas de combustible pour le petit fourneau, et la lampe à beurre ne donnait guère de chaleur.

— Il faut se rapprocher, dit Tara.

Antoine n'aurait pas osé le proposer, mais il pensait la même chose.

Finalement ils se trouvèrent dans les bras l'un de l'autre, en essayant de réprimer leur tremblement. Il sentait le souffle de Tara contre sa joue.

Et puis la chaleur revint un peu, chacun devint la source de chaleur pour l'autre. Tout est interdépendant, pensa Antoine.

Mais toujours impossible de s'endormir.

Autant profiter de cette tranquillité pour s'instruire.

— Finalement, demanda Antoine, quelles sont les différences principales entre le bouddhisme tibétain et les autres. Le tantrisme, c'est ça ?

— Ce n'est pas une question facile. Notre pays se trouve entre la Chine et l'Inde, je pense qu'il a incorporé un peu des deux cultures… Et puis nous avons nos propres divinités, dit-elle en faisant un mouvement vers la statue de Palden Lao dont les yeux exorbités semblaient les surveiller dans la pénombre.

— Et le tantrisme, cela vous vient de l'Inde ?

— Oui, il y a un hindouisme tantrisme. Les tantras sont des textes sacrés. Si tu les lis à voix haute, ils te transforment. Nous avons aussi beaucoup de ce que vous appelleriez de la magie, mais qui est autre chose.

Antoine trouvait intéressante cette idée de transformation par la lecture. Cela lui paraissait plus accessible que des heures de méditations. Lire, il avait toujours aimé ça.

— Une grande différence, c'est que nous acceptons l'utilisation des émotions pour arriver à l'Éveil, même une émotion comme le désir. Et nous méditons aussi sur certaines de nos divinités.

— Et tu lis des tantras ?

— Quand je serai nonne, oui, j'en lirai souvent.

— Et tu veux toujours devenir nonne ?

— Pourquoi aurais-je changé d'avis ?

Il faillit dire : pour être heureuse avec un homme, pour avoir des enfants, mais il se dit qu'il aurait l'air doublement idiot.

— Je veux suivre cette voie, car c'est pour moi un moyen plus rapide d'atteindre l'Éveil, et aussi d'aider les autres à y parvenir.

— Comme Clotilde, soupira Antoine.

— Oui, j'ai compris que dans votre religion aussi, on peut prier pour le salut des autres, leur faire découvrir que le Christ est en eux. Comme pour nous les aider à découvrir que la nature du Bouddha est en eux.

C'était étrange de se parler de cet autre monde, l'un contre l'autre, avec le sifflement du vent, la silhouette de la déesse, et autour d'eux l'obscurité glacée et infinie des montagnes.

— Il ne faut rien regretter, dit Tara, c'est sa voie.

Tara avait donc deviné que la vocation de Clotilde n'était pas indifférente à Antoine.

— Oh, bien sûr.

— Et elle pourra quand même pratiquer la médecine.

— Bien sûr.

Antoine ne voulait pas laisser paraître de tristesse dans sa voix, mais en s'entendant, il se dit que c'était raté.

— Toi aussi, je pense que tu vas trouver ta voie bientôt, dit Tara.

— Ma voie ? Mais je l'ai trouvée, être médecin.

— Oui, mais pour l'instant tu ne vois rien d'autre que le monde matériel, pas l'autre. Tu es encore dans le monde des illusions, mais je sens que tu doutes.

— Mais enfin, tout n'est pas qu'illusion dans ce monde matériel !

— Non, bien sûr. Justement dans le tantrisme, on parvient à faire rencontrer ces deux mondes, celui de la réalité du monde matériel, qui est un principe mâle, et l'autre monde, celui de la sagesse suprême, la perception de la vacuité de tout, qui est un principe femelle.

Antoine se souvenait d'avoir lu dans son *Dictionnaire des religions*, que cette rencontre pouvait parfois lieu au cours d'un rapport sexuel entre un homme et une femme initiés, ce qu'avait d'ailleurs proposé le gourou à Noémie, mais sans doute pour des raisons éloignées de la vie spirituelle.

— C'est curieux, votre bouddhisme n'accepte pas l'ordination des femmes, et en même temps il considère que la sagesse suprême est un principe femelle...

— Oui, et d'ailleurs c'est pourquoi je suis certaine que les nonnes pourront être ordonnées un jour, mais je ne vais pas passer ma vie à attendre qu'un comité de vieux Lamas change d'avis !

On pouvait comprendre la réticence des Lamas à voir une personne aussi déterminée que Tara arriver parmi eux : leurs assemblées y perdraient sûrement en tranquillité.

— Il faut dormir, dit Tara. Demain on partira dès qu'on y verra quelque chose.

Ils se turent, sans plus bouger. Antoine sentait le souffle régulier de Tara contre sa joue. Elle dormait déjà.

Antoine était dans ce jeune âge de la vie où une partie de lui-même avait parfois une vie comme indépendante de lui. Le contact d'un corps, la chaleur qui revenait, et cette partie s'anima.

Il aurait pu se détourner, mais il ne le fit pas, il craignait de réveiller Tara, et aussi de perdre sa chaleur. Et puis, quand il n'y avait pas d'intention mauvaise, il n'y avait pas de péché comme leur avait expliqué un jour l'aumônier au catéchisme.

Et donc bander sans le vouloir contre une future nonne endormie ne pouvait être considéré comme un péché, même si on croyait au péché.

Il espérait que lui aussi parviendrait à s'endormir, ainsi que cette partie de lui-même. Mais ça n'arrivait pas. La nuit allait être très longue.

Quelque temps plus tard, le souffle de Tara changea. Dans la pénombre il vit ses yeux ouverts. Elle lui sourit. Et puis, sans un mot, elle saisit cette partie d'Antoine.

Il essayait de garder le souvenir de chaque instant, car il avait le sentiment que cette expérience serait unique.

Tara venait d'une culture millénaire où le désir masculin était respecté comme une manifestation du souffle vital, et l'union du *Yoni* et *Lingam* un moyen d'atteindre à la conscience de l'univers, dans sa Réalité et sa Vacuité simultanée.

En fait, Antoine avait eu l'impression troublante qu'elle s'était servie de lui pour atteindre cet état de conscience différent. N'avait-il été que le véhicule du voyage de Tara ? Véhicule qu'elle avait maintenu en mouvement plus longtemps qu'Antoine ne l'avait jamais expérimenté…

Tara avait mené leur union à son rythme, tout en ayant l'air d'être *ailleurs*. Et maintenant elle dormait.

En voyant son sommeil paisible et son léger sourire, Antoine se demanda si Clotilde aurait trouvé un sommeil aussi apaisé dans les mêmes circonstances.

Et voilà qu'il pensait à nouveau à Clotilde.

Dehors le vent soufflait plus fort, et parfois un courant passait entre les planches et faisait trembler la flamme de la lampe.

Antoine prenait des notes près de Tara endormie.

Bouddha est-il au ciel ?

Non, pour le bouddhisme des Anciens.

Le Bouddha s'est éteint en parvenant au Nirvana, telle une flamme de bougie qui s'éteint. Il a dit à ses disciples qu'après sa mort terrestre, il fallait suivre le Dharma, la loi, mais non pas lui, qui ne serait plus là, et que le prier ou pratiquer des rituels ne serait pas inutile. Mais c'est une recommandation aussi difficile à suivre que celle d'aimer ses ennemis, et c'est pour cela que même dans les pays du bouddhisme des Anciens, on prie devant des statues du Bouddha, et on y dépose des offrandes.

L'idéal pour chacun est d'atteindre l'Éveil et de s'éteindre dans le Nirvana, mais ce n'est pas pour tout le monde, il vous faudra sans doute plusieurs existences pour y parvenir, dont au moins une en tant que moine. Vous ne pouvez rien pour le salut des autres, sinon les encourager à suivre la même Voie.

Oui, dans le bouddhisme du Grand Véhicule (Mahayana).

Le Bouddha continue d'exister de manière transcendante, même si son corps physique a disparu, et mieux encore la nature du Bouddha continue d'exister en chacun de nous, à nous de le découvrir (un peu comme le Royaume des Cieux qui est en vous si vous êtes un chrétien qui croit).

Pour nous aider à découvrir cette nature du Bouddha en nous, il existe donc les Bodhisattvas qui ont décidé d'arrêter leur progression juste avant d'atteindre le Nirvana (la fin des renaissances) pour renaître parmi nous et nous aider, pauvres mortels, à accéder nous-mêmes à l'Éveil en nous diffusant leurs mérites et leur sagesse.

Il leva les yeux de son carnet, et regarda la jeune fille qui dormait tout près de lui.

Et parmi les Bodhisattvas, Tara, la Libératrice, déjà présente, dans la religion hindoue. Tara serait née d'une larme de compassion du plus grand des Bodhisattvas, Avalokiteshvara qui a des noms différents selon les pays, et Tchenrezi en tibétain.

Tara avait tenu à garder une forme féminine à travers toutes ses réincarnations, alors que la réincarnation en homme était considérée comme supérieure pour parvenir à l'Éveil.

Et si c'était Tara, sa libératrice ?

La lampe s'éteignit.

Le sommeil le gagna.

Entre les détonations du tonnerre, il entendit un bruit sourd et régulier. Un hélicoptère ?

Antoine se réveilla complètement.

C'était l'aube.

Tara n'était plus là.

Il se précipita dehors.

Pas de bruit d'hélicoptère, il avait rêvé.

Dehors, on commençait à distinguer le paysage.

Il entendit le flot de la rivière non loin de là. Il se souvint que l'ermitage se trouvait au début d'une vallée étroite, comme creusée entre deux falaises.

Où Tara était-elle partie ? À la rivière ? En train de se laver dans le courant glacial ?

Sur un gros rocher qui surplombait le courant, il distingua une mince silhouette assise en position de méditation.

Un roulement de tonnerre au loin.

Il marchait en direction de Tara quand le premier éclair fendit le ciel sur l'autre rive, illuminant le paysage.

Tara ne sursauta pas. Antoine l'appela, il voulait lui dire de revenir, de ne pas rester sur ce rocher en surplomb au-dessus de l'eau du courant. Mais elle restait immobile.

Entre deux roulements de tonnerre, il distingua une sourde rumeur, comme une pulsation. Au détour de la vallée, un point lumineux apparut, en même temps que la rumeur devenait un bruit de moteur.

L'hélicoptère !

Tara s'était dressée sur son rocher et regardait l'appareil approcher.

— Tara, descends ! cria Antoine.

La pluie commença à tomber, un déluge soudain. Tara n'y prêtait aucune attention, et ne semblait pas entendre ses appels.

Le faisceau du phare de l'hélicoptère courait sur la surface de la rivière, l'appareil volait en restant près de l'eau. Si c'était celui des Chinois, ils devaient donc avoir une idée de leur destination.

— Tara !

D'autres éclairs se mirent à tomber plus près, les détonations du tonnerre masquaient sa voix, il courut vers elle.

À chaque éclair, il perdait une seconde ou deux de vision nocturne, et quand il la retrouvait, l'hélicoptère était plus près, on distinguait maintenant la silhouette grise de la carlingue avec ses ailettes.

Il leva les yeux vers Tara. La foudre tomba avec un coup de tonnerre épouvantable, si près qu'il crut que Tara avait été touchée par l'éclair.

Et là dans la lumière aveuglante, il vit dressée sur le rocher, non pas Tara, mais une déesse aux yeux terribles, aux crocs brillants, à la chevelure de flammes.

Il se sentit paralysé.

Un nouvel éclair l'aveugla.

Il retrouva sa vision, pour apercevoir au loin la foudre illuminer l'hélicoptère, qui dériva brusquement, piqua du nez, évita la rivière, et devint une grande boule de feu en touchant le sol.

Tremblant, il se tourna vers Tara, mais c'était bien Tara à nouveau qui n'avait pas bougé.

Elle regardait fixement la boule de feu se transformer en un grand champignon rougeoyant de flammes et de fumée.

— Tara !

Elle se tourna vers lui, le regard vague.

— Tara !

Tara sembla se réveiller. Elle sauta de son rocher.

— Ceux-là ne nous auront pas ! Allez, on y va !

Il y avait du contentement dans sa voix.

« Pas très pacifique pour une bouddhiste ! » pensa-t-il.

Et puis il se souvint de ce que d'autres soldats chinois avaient fait à son pays et à sa famille.

Leur chemin était devenu très escarpé, et même Tara était à la peine.

Elle lui avait expliqué que le col qu'ils allaient franchir dépassait le plafond de n'importe quel hélicoptère, mais elle ne fut pas capable de lui donner un chiffre.

— Quatre mille ?

— Quelque chose comme cela.

Finalement, pas plus haut que le mont Blanc pensait-il pour se donner du courage quand il se sentait défaillir.

Par ailleurs, Tara lui semblait elle-même être redevenue aussi escarpée qu'avant leur nuit ensemble. Il ne sentait aucune nouvelle proximité entre eux. Au moment de quitter la cabane, il avait voulu la prendre dans ses bras, mais elle s'était éloignée en faisant mine de vouloir s'occuper de son sac.

Après tout, c'était cohérent : l'union du *yogi* et du *lingam* pouvait permettre à Tara d'accéder à une meilleure perception de la réalité ultime, dans son unité et sa vacuité, mais pas question de gâcher cette ascension par un attachement personnel pour lui, Antoine était, à coup sûr, une entrave vers l'Éveil.

Tout en peinant, il s'interrogeait sur sa vision dans la lumière de l'éclair : Tara était-elle réellement devenue une seconde l'incarnation de cette déesse terrifiante, ou était-ce lui qui avait eu une courte hallucination après son réveil brutal ?

Hallucination hypnopompique, il se souvenait qu'il y avait un terme psychiatrique pour ce genre de phénomène, qui pouvait arriver à des gens tout à fait normaux, sans compter qu'avec l'altitude son cerveau était en manque d'oxygène.

À un moment, ils firent halte, et s'assirent côte à côte sur un rocher.

— Cette nuit..., commença Antoine.

— Ce n'est peut-être pas la peine d'en parler, dit Tara.

— Sur le rocher au bord de la rivière...

Il lut la surprise dans son regard : elle avait cru qu'il voulait parler de leur nuit dans la cabane.

— Sur le rocher, je t'ai vue... différente.

— Différente ?

Tara avait l'air étonnée. Était-ce une très bonne actrice, où ne s'était-elle pas rendu compte de sa transformation ?

— Pour tout te dire, pendant une seconde, je ne t'ai pas vue, toi Tara, mais la déesse.

— La déesse ?

— La protectrice, la femme de Mahakala.

Tara bondit sur ses pieds.

— Qu'est-ce que tu dis ?

Antoine se répéta.

Tara restait muette, elle regardait le sol, absorbée dans ses pensées.

Elle était immobile, et en même temps semblait très agitée.

Finalement, elle dit :

— Tu me promets d'oublier, et de ne jamais en parler à personne.

Antoine sourit.

— Ne jamais en parler oui, oublier, ça me paraît difficile.

Tara se tut à nouveau, comme si elle réfléchissait à la justesse de cette réponse.

— Mais si tu me disais plutôt ce qui s'est passé, dit Antoine.

Elle le regarda, comme si elle se demandait si elle pouvait lui faire confiance. Antoine commençait à se sentir vexé.

Même après une nuit ensemble, toutes ces aventures partagées !

Finalement Tara parla :

— J'ai prié la déesse, oui c'est vrai. Je regardais cet hélicoptère en priant la déesse pour qu'il n'arrive pas jusqu'à nous.

Mais après tout ce pouvait encore être une hallucination hypnopompique, songeait-il plus tard quand ils eurent repris leur marche.

Oui, mal réveillé, il avait eu une hallucination inspirée par la sombre statue de la déesse, qu'il avait entrevue plusieurs fois dans la nuit lors de ses réveils, et bien sûr c'était une coïncidence que l'hallucination soit arrivée juste au moment où Tara appelait Palden Lao à leur secours.

« Et donc tout ça n'est pas une preuve absolue qu'il y ait quelque chose d'autre en dehors du monde matériel ! » se dit-t-il.

Et si en plus de son interprétation tantrique de leur nuit torride, c'étaient aussi les années de Tara à Oxford qui avaient fait d'elle une jeune fille tout à fait libérée, réputation qu'avaient les jeunes Anglaises ? Voilà pourquoi ce rapprochement des corps n'impliquait pas pour elle de poursuivre par une relation sentimentale, relation qui dans leur cas aurait tout de suite rencontré des obstacles religieux et géographiques insurmontables ?

Noémie, Tara.

Il rencontrait des jeunes filles qui semblaient moins sentimentales que lui.

Était-ce le début d'une nouvelle ère ?

Et puis la pensée de l'Ange lui revint.

Après un nouveau passage de col, Antoine pouvait enfin voir parfaitement quelques-unes des plus hautes cimes du monde, qui se dressaient au loin dans leur blancheur surnaturelle sous les rayons du soleil matinal.

« Himalaya...Himalaya... » murmurait-il. Petit garçon, il avait rêvé de faire les mêmes voyages que Tintin.

Il ne sentait plus le froid, ni même la fatigue ou l'essoufflement de la dernière montée, pendant laquelle il avait craint de s'évanouir.

Étrange, il eut l'impression que ces montagnes s'animaient, tout en restant immobiles. Était-ce un effet du manque d'oxygène ? Non, elles lui envoyaient un message, à lui, Antoine. Elles lui donnaient la réponse aux questions qu'il se posait depuis des années. Sur l'existence de Dieu ou d'une vie après celle-là.

Tout devenait enfin clair ! L'Univers et la divinité ne faisaient qu'Un ! Dieu était dans le roc des montagnes, Dieu était dans la vapeur des nuages, Dieu était dans le souffle du vent et les rayons du soleil, et les lois qui les gouvernaient !

Antoine voulut faire part de cette révélation à Tara, qui s'était arrêtée à quelques pas de lui, elle aussi en contemplation.

— Tara, commença-t-il, ça y est, j'ai compris, Tout ne fait qu'Un !... Je veux dire que Bouddha... ou même Spinoza si tu veux...

— Antoine, Bouddha et Spinoza, ce n'est pas pareil !

— Non, mais leur vision de la Nature...

Il fut interrompu par un grondement. Il n'avait jamais entendu un tel bruit.

Sans un mot, Tara désigna le versant d'une montagne qui les dominait. Au loin, on distinguait comme le rouleau d'une grande vague qui, à cette distance, semblait se mouvoir avec nonchalance, et en silence.

Une avalanche qui descendait vers eux.

D'un coup d'œil, Tara repéra la seule issue. Une éminence rocheuse à cent mètres d'eux, un peu en amont.

Ils se mirent à courir, ralentis par la neige profonde dans laquelle leurs pas s'enfonçaient. Derrière eux, la rumeur de l'avalanche se faisait entendre de plus en plus fort.

Elle les rattraperait avant qu'ils arrivent à l'abri, c'était évident.

Antoine voyait Tara courir devant lui, et il eut une dernière pensée pour son caractère admirable, sa grâce et la beauté qui allaient disparaître, et par-dessus tout le regret de ne plus jamais faire l'amour avec elle, cette expérience si extraordinaire.

Le tumulte se faisait plus fort derrière eux, comme si une horde de chevaux au galop se ruait à leur poursuite. Il tourna la tête et vit la grande déferlante de neige maintenant toute proche.

Bizarrement, il n'avait pas peur.

« Je vais enfin savoir ! » se dit-il soudain.

Au lieu de voir défiler toute sa vie, comme il arrive à des gens proches de la mort, Antoine fut assailli par toutes les questions qui le préoccupaient depuis des années. Dans quelques secondes, allait-il rejoindre un Dieu d'amour et retrouver des êtres chers au Paradis ? Ou allait-il se réincarner en un autre être, animal, végétal, humain meilleur ou pire que lui, ou pourquoi pas en lui-même, avec toute sa vie à recommencer ? Allait-il se fondre dans l'univers, s'incorporer à l'Un et le souffle de ces montagnes ? Ou se dissoudre dans le néant, et son âme disparaître en même temps que son corps comme une flamme qui s'éteint ? Il allait savoir, enfin !

Mais juste au moment où il sentait dans son dos l'haleine froide de l'avalanche, il réalisa qu'il pourrait ne jamais savoir : si c'était la réincarnation qui l'attendait, il n'aurait peut-être aucun souvenir de sa vie antérieure !

« Mon Dieu, si vous existez, tirez-moi de là ! » pensa-t-il très fort.

Et puis ils s'étaient retrouvés tous les deux à l'abri derrière un rocher, comme un caillou posé au milieu du torrent de l'avalanche, qui, pensa Antoine, allait être submergé avec eux. Mais le torrent se calma, et le silence revint.

Tara n'avait pas l'air émue, Antoine vit qu'elle n'avait pas eu peur.

— Je sentais que ce n'était pas le moment, dit-elle.

— Tu as prié ta déesse ?

Elle ne répondit pas, et ils se remirent en route.

« Accroché à la montagne » était l'expression qui était venue à Antoine en découvrant le monastère.

On avait du mal à imaginer comment des humains avaient pu construire un tel édifice, avec ses murs qui surplombaient un à-pic vertigineux, et ses toits dorés sous le surplomb de la falaise qui s'élevait au-dessus.

Et maintenant, il goûtait un thé bien gagné, en essayant de garder la position du lotus sur un magnifique tapis tibétain, face au Dr Chin et au grand Lama. D'autres moines de moindre rang étaient assis autour d'eux, et tous écoutaient Tara qui leur racontait leur périple.

— Elle nous parle des Chinois, dit le Dr Chin qui traduisait de temps en temps pour Antoine.

— De l'hélicoptère ?

— Oui… Une bien tragique affaire.

Le Dr Chin semblait désolé, comme s'il se sentait responsable de la mort de ses compatriotes, envoyés pourtant par un gouvernement qui n'était pas son ami.

Dans l'assistance, d'autres moines, les plus jeunes remarqua Antoine, ne masquaient par leur contentement en apprenant ce qui était arrivé aux soldats chinois.

Mais le grand Lama prit soudain la parole, et leur adressa des propos d'un air sévère. Le Dr Chin traduisit :

— Le grand Lama dit qu'on ne peut se réjouir de la mort d'autres humains… « Ils étaient des pères, ils étaient des fils », leur dit-il. Il veut organiser une cérémonie pour les aider à accéder à une meilleure existence et alléger la souffrance de leurs familles…

Antoine se souvint soudain de la phrase qu'il avait entendue dans son enfance au catéchisme

On vous dit d'aimer vos amis, moi je vous dis d'aimer vos ennemis, priez pour ceux qui vous maltraitent.

Et puis les moines se retirèrent. Tara avait fini son récit, et le Dr Chin avait laissé entendre à Antoine que la règle recommandait qu'une jeune femme ne reste pas trop longtemps en présence de moines, car sa vue aurait pu entraver leur chemin vers le détachement.

À la lueur tremblante d'une multitude de bougies, la cérémonie commença. Le visage des moines semblait de bronze, derrière eux les tentures ornées de mandala semblaient s'animer dans la pénombre. Trois moines psalmodiaient tandis que d'autres soufflaient dans de longues trompes à intervalles réguliers, ou frappaient des tambourins, relayés parfois par un vieux moine qui faisait résonner un grand gong.

C'était magique, envoûtant, mais après un quart d'heure Antoine commença de ressentir un ennui aussi puissant de celui qui l'éprouvait enfant à la messe. « Quel gâchis, pensa-t-il avec tristesse. Je ne suis pas doué pour la spiritualité. » Seule la douleur qu'il ressentait dans ses genoux pliés l'empêcha de s'endormir, ainsi qu'un coup de coude de Tara à un moment où il commençait à s'affaisser sur le côté.

« Tiens, enfin un nouveau contact physique », se dit-il amèrement.

Après il se sentit coupable de tant de distraction, et il se mit à se concentrer sur tous ces jeunes Chinois de l'hélicoptère, qui ne faisaient que leur devoir, qui avaient été persuadés qu'ils agissaient au nom du Bien, et qui avaient dû vivre quelques horribles secondes en réalisant qu'ils étaient condamnés.

Et sa méditation s'élargit peu à peu à leurs parents, à leurs épouses et à leurs petits enfants pour certains, et il commença à éprouver un sentiment d'amour pour eux, en même temps que les souffrances de son corps disparaissaient.

Un nouveau coup de coude de Tara le réveilla, en même temps que toutes les trompes soufflaient ensemble.

Le mulet donnait moins de prestige que le cheval, les pieds d'Antoine touchaient presque les pierres du sentier. Mais la monture était bien confortable, elle se contentait de suivre son chemin sans jamais un écart ni une accélération au même rythme que ses congénères qui les précédaient. En selle en tête, un jeune moine guidait le groupe, suivi par le Dr Chin, puis Tara, Antoine, le fils Tenzin et un autre moine qui veillaient à ce que personne ne reste en arrière. Les bêtes venaient d'un village d'une autre vallée, leur première étape après le départ du monastère et leur retour vers Namjan.

Grâce à son rêve de la nuit précédente, Antoine s'était souvenu que c'était la Semaine sainte de sa religion. Parfois sur la mule qui le précédait il ne voyait plus un moine en robe rouge, mais un jeune homme vêtu de blanc avec une longue chevelure. Il savait que c'était un effet retard du thé, comme les femmes sur le bord du chemin qui chantaient en leur tendant des branches de palmiers. Quand il se réveillait complètement, elles redevenaient des villageoises tibétaines qui venaient apporter des vivres aux moines.

La veille, le Dr Chin avait décidé de revenir avec eux.

— Ce n'est pas demain qu'ils enverront une nouvelle expédition après moi, avait-il dit, celle-là aura été un échec spectaculaire.

Ces montagnes étaient désertes, mais en fait assez peuplées pour que l'épave de l'hélicoptère ait été signalée de village en village. Les autorités népalaises devaient déjà avoir été informées de cette intrusion dans leur territoire, et même un petit pays pouvait rendre cette affaire publique et donner un éclat international à cette intrusion étrangère et militaire dans leur territoire.

— Mais depuis combien de temps les Chinois sont-ils au courant de l'existence du thé ? avait demandé Antoine.

— Quelques années, avait expliqué le Dr Chin.

Un jour, des troupes chinoises avaient mis à sac un monastère, et emprisonné les moines. C'était un des trois lieux où le thé est fabriqué, les moines avaient eu le temps de détruire le mélange secret, mais pas les manuscrits qui racontaient les visions de ceux qui en avaient pris. Après une fouille plus complète, les militaires avaient trouvé une petite quantité de thé sur un moine qui voulait en garder pour lui – un attachement erroné, précisa le Dr Chin – et le commissaire politique du régiment s'était donné le droit d'en boire.

— Il est redevenu bouddhiste ? demanda Antoine.

— On ne saura jamais. En tout cas il a laissé ses vêtements derrière lui, et est allé disparaître dans la montagne. En emportant tout le thé.

Tara écoutait cette partie de l'histoire qu'elle ne connaissait pas, et puis elle avait demandé :

— Et pourra-t-on, enfin en prendre, nous ?

— Vous avez été très patiente, dit le Dr Chin.

Il avait beaucoup apprécié la partie de leur récit où Tara avait donné le thé à Ron et Jeffrey, mais n'en avait pas pris elle-même.

— Ici le grand Lama décide de ce qui est pur et qui ne l'est pas. Mais je lui en ai parlé et il est d'accord, à condition que vous alliez le boire là-bas, ce bâtiment ne fait pas tout à fait partie du monastère.

Et par la fenêtre le Dr Chin avait désigné une petite maison en contrebas, qui semblait construite en surplomb au-dessus de la paroi, de sorte qu'on s'attendait à ce qu'elle glisse au fond du gouffre si ses occupants s'étaient mis à faire la fête un peu trop fort, comme une invite à la modération que prône l'Éveillé.

Tara avait dit qu'elle aurait préféré prendre le thé au cours d'une cérémonie religieuse, avec les moines autour d'elle mais le grand Lama avait été catégorique, c'était déjà une entorse à la règle qu'une femme, qui de plus n'était même pas nonne, boive de ce thé sacré, et encore moins à la vue des moines.

Tara avait alors proposé de se faire raser le crâne et de prononcer ses vœux de nonne, mais le grand Lama lui avait répondu qu'il ne pouvait les accepter que si elle était proposée pour cela par d'autres nonnes, et la plus proche communauté féminine était à quatre jours de marche à pied d'abord et de mulet ensuite.

Tara et Antoine s'étaient donc retrouvés dans la petite maison en surplomb, avec une vue inoubliable sur l'Himalaya au crépuscule, regardant le Dr Chin accroupi en train de préparer le thé dans une modeste petite théière de fonte.

Le sol était calfeutré de tapis, Antoine avait compris qu'on leur proposait de dormir là. Il était heureux à l'idée de se retrouver seul avec Tara, avec cependant la même impression qu'il avait éprouvée en arrivant avec Clotilde dans la *honeymoon room* : il ne se passerait rien entre Tara et lui cette nuit-là, et sans doute plus jamais.

Dehors le jour tombait, le bleu l'emportait peu à peu sur le rose de la neige, les premières étoiles apparurent.

— Je pense qu'il vaut mieux s'inspirer d'images en accord avec sa foi, avait dit le Dr Chin avant de les quitter. Tenez, je vous ai apporté ceci.

La couverture du très vieux livre – un parchemin ? – que lui tendait le Dr Chin était ornée d'une étrange figure : au centre d'une croix tout à fait chrétienne, Antoine reconnut le cercle du Tao, avec ses symboles entremêlés du Yin et du Yang.

— Les Nestoriens, avait expliqué le Dr Chin. Leurs missionnaires partis d'Antioche sont arrivés en Chine jusqu'à la cour de l'Empereur, à l'époque de Gengis Khan. Plusieurs princes mongols se sont convertis. Savez-vous que lorsque les mongols ont mis à sac Bagdad au XIIIe siècle, ils n'ont pas pillé les églises chrétiennes car certains généraux mongols étaient nestoriens ?

Les pages étaient couvertes d'idéogrammes chinois, mais les illustrations peintes dans les tons légers de l'aquarelle représentaient les scènes de la vie du Christ, clairement reconnaissables pour un chrétien, sinon que tous les personnages avaient les yeux bridés et étaient vêtus comme dans la Chine ancienne.

Tara était déjà assise en position de méditation face à une statue du Bouddha en bois doré, apportée pour l'occasion.

Elle tournait le dos à Antoine, et il était clair que tout dialogue était exclu pour quelque temps.

Antoine saisit sa tasse de thé, un petit gobelet de cuivre.

Et puis soudain, il eut peur.

Et que se passerait-il si cette expérience le transformait complètement ?

Pour Tara et Clotilde, ce thé n'était qu'un moyen d'aller encore plus loin dans la voie qu'elles avaient déjà choisie.

Mais lui ? Il n'avait guère de convictions, il le savait, sinon de l'admiration pour Jésus et Bouddha et pour certaines personnes qui semblaient vraiment suivre leur commandement de compassion universelle, même envers leurs ennemis.

Mais sans vraie foi préalable, qu'allait lui faire adorer ce thé ?

Et si, influencé par les images de ces derniers jours, il se trouvait transporté dans l'adoration de Ganesh ou de Mahakala ?

Ou si, après quelques tasses, il se sentait soudain si près de l'Éveil qu'il décidait de rester à tout jamais dans ce monastère à psalmodier dans le froid, se nourrissant de bouillie d'orge et de beurre de yak ?

Bien sûr, s'il devenait un autre, cet autre serait certes heureux d'être devenu lui-même, mais celui qu'il était encore ce soir-là, Antoine, avait peur de cet autre qu'il pourrait devenir.

Antoine s'en voulut d'avoir peur. La peur ne pouvait l'empêcher de connaître une expérience extraordinaire.

Il imaginait Clotilde en train de le regarder.

Pendant que Tara commençait à murmurer des mantras en sanskrit, il continua de penser à l'Ange.

D'une certaine manière c'était à cause de lui que Clotilde avait bu de ce thé, et voulut ensuite s'élancer à la recherche du Dr Chin.

N'était-ce pas déloyal de faire l'expérience du thé en compagnie d'une autre ?

Antoine se sentit une meilleure raison que la peur de ne pas vider le reste de la théière dans son bol : une forme de fidélité.

Alors, comme la première fois, il ne but qu'une gorgée, deux peut-être.

Le paysage était aride, des champs de cailloux à perte de vue, avec heureusement par endroits quelques bouquets de palmiers à dattes, et un rideau d'arbres – des peupliers ? – le long d'un ruisseau non loin de là.

Devant lui se dressait une grosse montagne ronde, aplanie par le temps, dont l'image tremblait dans l'air chaud.

Il avait une soif terrible. Il vit au loin un village, quelques masures blanchies à la chaux. Personne en vue, hommes et bêtes avaient dû se retirer à l'abri du soleil impitoyable. Peut-être pourrait-il y trouver à boire ?

Dans l'ombre d'un olivier il aperçut la margelle d'un puits.

Une femme sortit d'une des maisons et marcha vers le puits, enveloppée d'une tunique et d'un voile qui cachait ses cheveux. Elle était grande, elle avançait dans une sorte de balancement majestueux. On dirait une reine, pensa Antoine. Mais elle tenait une grande cruche par son anse et une reine n'aurait pas vécu dans un village misérable.

Elle s'arrêta près du puits et s'assit sur sa margelle, dans l'ombre de l'arbre.

Peut-être lui donnerait-elle à boire ?

Antoine pressa le pas.

La femme le regardait s'approcher, et il crut d'abord reconnaître Clotilde. Mais non cette femme avait le teint plus mat, les boucles de cheveux qui dépassaient de son voile étaient noires, était-ce Tara ? Mais sa peau était plus pâle et ses yeux marron clair, elle avait le regard chaleureux de Noémie.

Il ne l'avait jamais rencontrée.

— Pourriez-vous me donner de l'eau ?

Elle le regarda avec attention.

— Vous êtes étranger ?

Antoine s'aperçut alors qu'il portait ses vêtements habituels en voyage et avait gardé ses chaussures de montagne, que la femme regardait avec curiosité.

— Je suis un citoyen romain, dit-il.

Il se souvenait qu'être un citoyen romain était un bon moyen d'éviter les ennuis en cette contrée, ce statut avait permis à saint Paul de survivre assez longtemps malgré ses prêches révolutionnaires.

La femme hocha la tête, comme si elle acceptait cette information, cependant son regard laissa voir à Antoine qu'elle ne le croyait pas. Mais elle lui sourit.

— Je vais vous donner de l'eau, dit-elle.

Elle fit descendre la cruche au bout d'une corde puis elle la remonta, pleine, et la posa sur la margelle. Ses bras qui sortaient de sous son voile étaient minces mais vigoureux. Elle inclina la cruche, pour que l'eau en affleure le bord.

Antoine dut mettre un genou en terre pour se trouver à la bonne hauteur, il but à la cruche comme dans un grand verre que la femme inclinait vers lui.

Tout en buvant, il voyait son regard plongé dans le sien, plein de curiosité, sans aucune crainte. Il sentait qu'elle avait de l'intérêt pour lui, un nouvel arrivant, et la nouveauté ne devait pas être fréquente dans ce petit village.

De jolies paillettes d'or scintillaient dans ses prunelles.

— Merci, dit-il en se relevant. Je crois que c'est la meilleure eau que j'aie jamais goûtée.

La femme sourit.

— Tout est merveilleux quand on l'a attendu longtemps, dit-elle.

— C'est bien vrai, dit Antoine.

Il voyait son regard franc, presque rieur, comme si elle attendait quelque chose de lui.

— Comment s'appelle cette montagne ? demanda-t-il.

Elle sourit à nouveau, comme si sa tentative de diversion l'amusait.

— C'est le mont Gazirim.

Cela rappelait quelque chose à Antoine, mais il préféra ne pas poser d'autres questions, il ne voulait pas avoir l'air trop étranger en ces lieux.

— Tiens, un autre visiteur, dit-elle. C'est le jour.

Antoine aperçut un jeune homme de haute taille qui marchait dans la poussière du chemin qu'il venait de suivre. Quand il s'approcha, Antoine distingua son visage – très beau remarqua-t-il. Lui aussi, il lui semblait l'avoir déjà rencontré.

L'inconnu arriva près d'eux, il adressa un bref signe de tête à Antoine puis il se tourna vers la femme.

— Femme, donne-moi à boire.

La femme était surprise, presque intimidée, nullement l'attitude qu'elle avait montrée à l'égard d'Antoine.

— Tu es juif ? demanda-t-elle.

— Je le suis.

La femme fit un mouvement de tête vers Antoine.

— Celui-ci me dit qu'il est citoyen romain… et toi tu me dis que tu es Juif ?

Le jeune homme sourit.

— Rome est éternelle… et moi, je suis Juif.

— Mais si tu es Juif, comment peux-tu me demander à boire, à moi, qui suis une femme samaritaine…

« Mon Dieu ! » pensa Antoine.

À la fin, le jeune homme dit à la femme :

— Va, appelle ton mari, et reviens ici.

— Je n'ai point de mari, dit-elle en souriant et en le regardant comme elle avait regardé Antoine.

Le jeune homme sourit lui aussi, mais comme pour lui-même.

— Tu as raison de dire « je n'ai point de mari » car tu en as eu cinq, et celui que tu as maintenant, ce n'est pas ton mari. Tu as dit vrai en cela.

Le sourire de la femme s'éteignit, elle regarda le jeune homme avec stupeur.

Et soudain elle s'inclina devant lui.

— Seigneur, dit-elle, je vois que tu es prophète.

Antoine se sentit défaillir. La chaleur, la soif, il eut l'impression qu'il allait s'évanouir.

— Seigneur ! dit-il.

Le jeune homme se tourna vers lui.

— Je vais partir, dit Antoine, je le sens.

— Sans doute, dit le jeune homme.

— Mais dis-moi, ceci n'est-il qu'un rêve ?

— Que vois-tu ?

— Je sais ce que je vois, mais je ne sais si je rêve, ou si je te vois.

Le jeune homme sourit.

— Heureux ceux qui ont vu, et qui ont cru. Mais plus heureux encore ceux qui n'ont pas vu et qui ont cru.

— Je sais, je sais, dit Antoine, mais dis-moi, dis-moi… Je sens que je m'en vais…

— Tu reviendras… peut-être, dit le jeune homme.

Enfin la vallée s'ouvrit devant eux, et enfin, au loin, apparut la ferme des Tenzin.

Clotilde accourut à leur rencontre.

À peine Antoine avait-il posé le pied à terre qu'elle le surprit en le serrant dans ses bras.

— J'ai eu peur, dit-elle... que tu ne reviennes pas. Un rêve... je t'ai vu avec mon frère...

Et elle se mit à pleurer, il sentit ses larmes contre sa joue.

Un rêve ? se demandait Antoine.

Même en sachant que Clotilde lui était inaccessible, il ressentait un grand bonheur de l'avoir dans ses bras.

Mais aussitôt elle s'écarta de lui, et essuyant ses larmes, elle lui sourit :

— Je suis trop émotive ! On s'en souviendra, de ce voyage !...

C'était une drôle de ville, certaines rues n'étaient encore que des canaux – des *klongs* – bordés de maison en bois sur pilotis où l'on voyait des familles dîner sur la natte dans leur salle de séjour qui s'ouvrait au-dessus l'eau. La Venise de l'Asie, disait-on encore de Bangkok. Mais à d'autres endroits se dressaient des gratte-ciel, des *fast-foods* et des stations-service avec les mêmes enseignes lumineuses qu'en Amérique. « Mais c'est quand même l'Asie », se réjouissait Antoine, pendant que la pirogue à moteur fendait l'eau noire d'où montait une odeur de fruits pourris, de fleurs, de vase, et d'autres fumets moins poétiques.

C'était de Bangkok que partait leur vol direct pour l'Europe, à l'aller Clotilde et lui n'en avaient vu que l'aéroport, mais cette fois ils avaient une journée pour faire du tourisme tous ensemble. Le lendemain Tara prendrait un vol pour Londres où l'attendait son père. Elle les avait d'abord emmenés à la Montagne d'Or, une colline artificielle au milieu de la ville, au sommet de laquelle se dressait un grand stoupa doré.

Tara fit ses dévotions à genoux, imitée par Noémie. Antoine avait compris que Noémie croyait que le même Un se manifestait dans toutes les religions du monde (à l'exception peut-être de quelques cultes cannibales), elle aurait aussi bien prié dans une église. Les bâtiments aux toits recourbés d'un monastère étaient visibles au pied de la petite montagne. Tara expliqua que ces moines en robe orange qu'ils apercevaient dans la cour du monastère, bien que d'un véhicule différent que celui des Tibétains, n'acceptaient pas non plus l'ordination des nonnes.

Clotilde les avait ensuite emmenés à la cathédrale de l'Assomption, construite près de deux siècles auparavant au bord de la rivière par les Jésuites. Noémie se joignit à Clotilde pour prier, tandis que Karsten et Antoine restaient prudemment en arrière de peur d'offenser un Dieu en lequel ils n'avaient pas une foi sans défaut. Tara resta au-dehors à méditer devant la rivière.

Le soir tombait, restait encore à visiter le temple hindou et la grande pagode dans la ville chinoise, mais Karsten et Antoine dirent qu'ils avaient envie de discuter entre hommes, et ils laissèrent les filles explorer ensemble les diverses manifestations de l'Un. Bien sûr, le conducteur du tuk-tuk n'eut aucun mal à les amener au quartier dont ils avaient entendu parler, en leur demandant trois fois le prix de la course.

Antoine et Karsten se retrouvèrent devant des chopes de bière, et une piste de danse illuminée où des jeunes filles se trémoussaient, sous une boule à facettes au son de la *dance music*. Des numéros accrochés à leurs bikinis minuscules, elles ondulaient avec fougue face à un public d'Occidentaux et de Japonais à différents stades de l'ivresse et de l'émerveillement. Peu de jeunes gens parmi eux, la plupart approchaient la cinquantaine, certains avaient déjà fait venir s'asseoir une fille à leur côté, avec qui ils partageaient un verre et sans doute quelques propos préliminaires à la proposition de venir découvrir leur chambre d'hôtel.

Sur la scène, certaines des filles souriaient avec insistance à Karsten et à Antoine, des nouveaux venus pour qui elles pouvaient encore nourrir quelques a priori favorables.

Mais Antoine et Karsten, eux, ne souriaient pas. Ils n'étaient pas habitués aux lois du libre marché appliquées à l'acte sexuel, et regardant les autres clients, ils s'en seraient voulu de faire partie de cette bande-là. Antoine était sûr que même quelques bières de plus n'auraient pas suffi à développer chez eux un sentiment de fraternité masculine.

Il remarqua au-dessus du bar une statue du Bouddha à côté d'une rangée de bouteilles, que les filles saluaient de leurs mains jointes en inclinant la tête avant de monter sur scène. Sans doute imploraient-elles l'Éveillé pour qu'un client bien inspiré s'attache à elles et se décide à nourrir leur famille.

Ils sortirent.

Ils reprirent un *tuk-tuk* en direction de leur hôtel.

Antoine était triste.

À sa descente de mulet, tenir pendant quelques secondes Clotilde dans ses bras avait ébranlé tous ses efforts de sérénité et d'acceptation de sa vocation religieuse. Bien sûr il aurait pu tenter de retrouver des consolations auprès de Noémie ou de Tara si elles lui avaient laissé entrevoir une possibilité, mais il sentait que c'était Clotilde qu'il avait dans la peau, alors que leurs peaux justement ne devaient plus jamais se toucher.

En plus, il avait l'impression qu'il avait perdu du prestige à ses yeux depuis leur départ. Aux regards soupçonneux qu'elle lui avait lancés de temps en temps depuis leur retour, Clotilde devait se douter qu'il s'était « passé quelque chose » entre Tara et lui, là-haut dans la montagne.

Plus tard, il avait vu les deux jeunes filles discuter à quelque distance. Il s'était demandé s'il était l'objet leur conversation.

Mais non, se rassura-t-il, elles avaient bien d'autres sujets de discussion, et Tara était du genre à garder un secret.

« Elle ne sait rien », s'efforçait de penser Antoine, pendant qu'il donnait à Clotilde sa version de leur voyage dans la montagne, en insistant sur l'aspect dramatique et spectaculaire, la chute de l'hélicoptère, la cérémonie au monastère.

— Et tu vois, je n'ai presque pas pris de thé. Je ne voulais pas le faire sans toi, dit Antoine en mettant un peu de solennité dans sa voix.

— Tu en as pris quand même une gorgée. Mais finalement, vous avez passé deux nuits ensemble avec Tara, non ?

— Oui, au monastère elle est restée toute la nuit en position du lotus.

— D'accord, mais sur le chemin ?

— Oui, il faisait moins dix, et puis les Chinois sont arrivés.

Clotilde haussa les épaules en soupirant et se leva, laissant Antoine seul devant sa tasse de café.

Le *tuk-tuk* s'arrêta devant le hall de l'hôtel, une grande bâtisse moderne mais à prix modérés, dont l'autre façade, celle de leurs chambres, donnait sur un *klong*. Antoine et Karsten étaient en train de demander leurs clés au réceptionniste de nuit, très surpris de voir ces deux jeunes Occidentaux revenir de si bonne heure et sans filles, quand ils se sentirent entourés.

Des policiers thaïlandais en uniformes avec d'imposantes casquettes, et avec eux, Ron et Jeffrey.

— Venez avec nous, dit Ron en souriant d'un air amical.

— C'est juste pour une conversation, dit Jeffrey avec un sourire presque complice.

— Mais je croyais que vous aviez trouvé le juste chemin, dit Antoine en essayant de plaisanter.

Ce n'était pas une bonne idée, car Ron et Jeffrey perdirent leur air amical.

Quant aux policiers thaïs, ils restèrent d'une impassibilité vaguement hostile qui démentait le cliché sur leur pays qu'on disait celui du sourire.

Encadrés, Antoine et Karstens sortirent dans la cour de l'hôtel où les attendait une longue voiture américaine où ils montèrent, suivis par Ron et Jeffrey. Personne ne dit mot pendant le trajet.

Ils roulaient le long d'une grande avenue bordée d'arbres, des flamboyants remarqua Antoine, quand la voiture ralentit et s'arrêta devant une grille gardée par des militaires casqués.

Quand elle s'ouvrit, Antoine eut le temps d'apercevoir au passage un grand blason, *Embassy of the United States of America*, orné du fameux aigle aux serres chargées d'éclairs.

Il se dit que le rapace devait apparaître comme une divinité aux habitants de ce royaume dont le symbole était un autre dieu-oiseau, lui venu de l'Inde, le *Garuda*.

Depuis le début de ce voyage, Antoine s'était habitué à rencontrer des dieux divers, mais il ne s'attendait pas à se retrouver en face du Père Noël.

— J'aimerais que vous compreniez que nous avons de bonnes intentions, dit le Père Noël.

Bien sûr, ce n'était pas le vrai Père Noël, mais avec ses belles joues roses, sa barbe d'une blancheur magnifique, ses bons yeux bleus et son air d'affectueux grand-père, William – « appelez-moi Will » – aurait pu jouer le rôle du fameux conducteur de rennes mieux que personne.

La conversation se tenait dans une grande pièce aux murs tapissés de bois précieux, le bureau de l'ambassadeur, on y voyait la barrière étoilée, et au mur un autre blason avec l'aigle américain.

Karsten était resté dans le couloir, bien gardé, et Antoine se sentait un peu seul face à William, Jeffrey et Ron, et aussi l'ambassadeur lui-même, « appelez-moi Bob », un grand gentleman à l'air calme et réfléchi d'un professeur d'université dont beaucoup d'étudiantes seraient tombées amoureuses.

Jeffrey et Ron restaient debout près de l'ambassadeur, leur appartenance gouvernementale ne faisait plus aucun doute.

Tara et Clotilde étaient retenues dans une autre pièce de l'ambassade, elles avaient été cueillies plus tôt à leur hôtel, mais pas Noémie, absente, car elle les avait quittées pour renouveler sa visite au temple hindou.

L'ambassadeur présenta William comme le président d'un grand laboratoire pharmaceutique qui non seulement fabriquait des médicaments utiles à l'humanité, mais quantité d'autres innovations chimiques pour l'agriculture et diverses industries, et se trouvait être une des plus grandes entreprises du monde.

— Mais Bob, dites à ce gentleman que je suis ici avant tout en tant que patriote, dit Will.

L'ambassadeur expliqua que William était un des plus généreux donateurs d'un des deux grands partis du pays, celui auquel appartenait justement l'actuel Président dont on voyait au mur le portrait souriant.

Le Président et William étaient les fidèles de la même église méthodiste.

— Je sais que vous êtes un chrétien et un patriote, comme moi, dit William.

Antoine aurait eu des doutes sur ces deux adjectifs le concernant mais il jugea préférable de se taire.

— ... Nous sommes menacés par des forces obscures qui veulent opprimer le monde, continuait William. Mais, avec l'aide de Dieu, nous triompherons. *À celui qui vaincra, et qui gardera jusqu'à la fin mes œuvres, je donnerai autorité sur les nations.*

William se tut, comme pour accentuer l'effet dramatique de ses dernières paroles, qu'Antoine reconnut comme celles de l'apocalypse de saint Jean.

Antoine avait lu que le Président dont le portrait ornait le mur lisait chaque matin quelques pages de la Bible. Comme William, il devait penser que les États-Unis avaient la mission de répandre leur lumière sur le monde. Le genre de conviction qui rendait furieux Raphaël et Karsten, et beaucoup d'autres. D'un autre côté, Antoine se souvenait que son grand-père, qui avait connu la guerre, lui avait dit que sans cette conviction parfois irritante qu'avaient les Américains de leur mission universelle, le jeune Antoine serait sans doute né et aurait vécu toute sa jeune vie dans un régime nazi ou communiste, lui et des millions d'autres.

William le fixait de son bon regard de Père Noël.

— Nous vaincrons, et avec votre aide, mon cher Antoine. Imaginez, nos soldats habités à chaque instant par la foi et l'espérance, ceux qui sont déjà croyants bien sûr, ils sont si nombreux dans notre beau pays – en Dieu nous croyons. Nos légions deviendraient invincibles, la justice, la liberté et la vérité s'étendraient sur le monde…

Antoine se dit qu'il aurait aimé lui présenter Norbert. William aurait sûrement apprécié son patient et lui aurait trouvé un travail, et pourquoi pas donné les moyens de reprendre Constantinople aux Ottomans.

— Ils doivent être drôlement déçus, dit Clotilde un peu plus tard, tandis qu'ils revenaient à leur hôtel, non plus dans la belle limousine qui les avait transportés à l'aller, mais dans un minibus, signe de leur perte d'importance.

— Oui, sans doute, mais comme ce sont de bons chrétiens, ils nous pardonneront, dit Antoine, et il regretta aussitôt sa plaisanterie en voyant l'air contrarié de l'Ange. Clotilde et Tara avait été interrogées de leur côté. Comme elles avaient donné la même version de l'histoire, l'ambassadeur, William et sans doute Ron et Jeffrey avaient été convaincus que ce n'était pas encore cette fois-ci qu'ils trouveraient le thé qui pouvait changer l'ordre du monde.

Antoine leur avait expliqué qu'après la tentative aéroportée des Chinois, le Dr Chin et le grand Lama avaient décidé que le thé devenait trop dangereux, qu'on ne pouvait courir le risque qu'il tombât entre de mauvaises mains.

Les dernières tommes qui en contenaient à la ferme des Tenzin en avaient été vidées, le thé détruit, et il n'y avait plus que deux ou trois moines qui en connaissaient le secret de fabrication et qui n'en produiraient désormais que la quantité nécessaire juste avant chaque nouvelle cérémonie.

Ils arrivèrent à l'hôtel où Noémie attendait leur retour, très inquiète. Elle se précipita au cou de Karsten, qui la rassura en lui murmurant des choses tendres.

Antoine était à la fois étonné et soulagé, sa nuit avec Noémie semblait n'avoir eu aucune conséquence sur son couple avec Karsten. Ces deux-là avaient vraiment dû se rapprocher de la sérénité.

Après avoir conclu que tout était bien qui finissait bien, chacun regagna sa chambre. Devant l'ascenseur, le regard de Tara croisa celui d'Antoine qui croisa celui de Clotilde qui croisa celui de Tara qui recroisa celui d'Antoine, mais il ne se sentit pas plus avancé pour autant.

À l'étage, Clotilde se dirigea d'un pas décidé vers sa chambre.

Une fois seul dans la sienne, Antoine alluma la télévision. Il tomba sur un épisode rediffusé d'une vieille série américaine où des hommes en chapeau texan conduisaient de longues automobiles ou discutaient au téléphone au bord de leurs piscines, rivalisant pour la conquête de femmes aux chevelures artificiellement bouclées ou de gisements de pétrole.

Il se dit que le Président américain ami de Will aurait très bien joué un personnage de cette série, on le voyait parfois photographié avec un chapeau texan.

Il aurait bien aimé savoir ce qui allait arriver à *Sue-Ellen*, mais il avait un projet beaucoup plus urgent.

Peut-être une dernière occasion d'être en tête à tête avec l'Ange.

Il sortit, et alla frapper à la porte de sa chambre.

Elle lui ouvrit la porte, marqua un temps d'arrêt, et le laissa entrer, sans un mot.

— Un peu de thé ? proposa Antoine.

— Incroyable, tu l'avais gardé depuis quand ?

Clotilde le regardait découdre la doublure de sa parka et en retirer le thé, l'équivalent de deux grosses cuillers.

— Le Dr Chin m'en a donné au monastère.

L'Ange semblait ravie, elle sautillait presque de joie en allant brancher la bouilloire électrique.

Antoine était très surpris. À l'air ému de Clotilde quand elle lui avait ouvert la porte, il avait eu la fugace impression qu'elle s'attendait à une autre proposition que celle de boire du thé.

Mais, non, il avait sans doute rêvé, comme souvent, il avait pris ses désirs pour des réalités.

Et si vraiment Clotilde s'était attendue à autre chose de sa part ? Dans ce cas, en continuant sur sa lancée avec le thé, il était aussi malin que ce Président américain plein de bonnes intentions.

Mais cela n'avait plus d'importance. Il avait eu le temps de réfléchir là-bas sur son mulet, et finalement il avait trouvé qu'il était juste que la relation entre lui et Clotilde reste pour toujours une simple amitié.

Car qui était-il pour distraire l'Ange de sa vocation religieuse, si importante pour elle ?

Il avait conclu que la seule chose à mettre en balance avec la vocation de Clotilde aurait été un autre engagement – et un autre sacrement devant Dieu – celui du mariage.

Mais Antoine se sentait beaucoup trop jeune pour se marier, il savait par expérience que ses sentiments amoureux pouvaient varier, il ne sentait pas assez sûr de sa constance pour proposer le mariage à Clotilde, à supposer que cela puisse ébranler sa vocation.

Et donc, depuis son retour de la montagne, et malgré le trouble ressenti quand il avait tenu Clotilde en larmes dans ses bras, Antoine s'était à nouveau résigné à la laisser suivre son chemin.

La bouilloire électrique se mit à siffler, Clotilde jeta le thé dans l'eau encore frémissante. Assis côte à côte sur le lit, ils regardaient la bouilloire où l'extase était en train d'infuser.

— Antoine, dit Clotilde.

Et elle lui prit la main.

— Mais, Clotilde…, dit Antoine.

Les lèvres de l'Ange vinrent à sa rencontre.

Ils dormaient.

Dans un demi-sommeil, Antoine se disait que si le thé infusait trop longtemps peut-être aurait-il un effet trop fort, ou au contraire, perdrait-il ses propriétés extatiques.

Mais il se sentait si incroyablement heureux avec autour de son cou le bras de Clotilde endormie. Après avoir connu un tel enchantement avec elle, l'idée d'une extase mystique lui semblait maintenant moins attirante.

Il entendit s'ouvrir la porte de leur chambre. Un murmure dans une langue étrangère... du chinois à n'en pas douter.

Plusieurs hommes apparurent en contre-jour sur le fond du couloir éclairé.

Antoine bondit de son lit, évita un Chinois, attrapa la bouilloire, évita un autre Chinois, et lança la bouilloire par la fenêtre. Il entendit le « plouf » qu'elle fit en tombant dans le canal.

Il se retrouva maîtrisé par quelqu'un qui savait faire un étranglement, et décida de se tenir tranquille.

La lumière s'alluma.

Son premier regard fut pour Clotilde. Elle ramenait le drap sur ses seins, tandis que deux Chinois s'étaient précipités à la fenêtre et s'engueulaient en scrutant les eaux du *klong*. D'autres se tenaient le long des murs, comme des soldats au garde-à-vous. Un petit homme s'était assis sur le seul fauteuil de la chambre, et il ordonna à celui qui étranglait Antoine de le relâcher.

Les Chinois quittèrent la fenêtre et lui parlèrent, sans doute pour lui rendre compte que la théière avait disparu et que le thé devait se diluer quelque part dans le *klong*.

— Quel dommage ! s'écria le petit homme. On aurait dû se parler plus tôt, dit-il en se tournant vers Antoine.

Antoine était très surpris, il avait mis une seconde à réaliser que ce Chinois parlait sa langue.

Il devait approcher la soixantaine, mais il avait le regard vif et le geste assuré. Il émanait de lui une grande autorité, sa brosse courte de cheveux gris lui donnait l'air d'un militaire.

— Vous reste-t-il de ce thé ?

— Non, dit Antoine, vous pouvez fouiller partout. Avant que la police n'arrive…

Le petit homme sourit. Il expliqua que cet hôtel était la propriété d'un compatriote, et que personne n'appellerait la police.

— Mais autrement pour le thé, je vous crois hélas. Cette expédition en hélicoptère a effrayé tout le monde... J'étais contre, mais ce n'est pas toujours moi qui décide.

— Allez-vous lancer d'autres expéditions comme celle-là ? demanda Antoine.

Le petit homme sourit tristement.

— C'est trop tard. Je pense que les moines ont pris leurs dispositions. Et puis ce ne serait pas très bon que l'on apprenne que nous violons les frontières. Maintenant, nous essayons d'être amis avec le monde entier, comme vous le savez.

C'était vrai, les dirigeants de la Chine, après des années passées à traiter le reste du monde d'impérialistes et de tigres en papier étaient revenus à une bonne dictature normale.

— Mais pourquoi vous acharner après ce thé ? demanda Clotilde.

— Vous revenez de l'ambassade des États-Unis d'après ce que je sais. Dans ce cas vous comprendrez pourquoi nous nous y intéressons.

— Vous voudriez aussi que vos soldats soient galvanisés par une expérience mystique ?

— Au contraire, dit le petit homme, surtout pas. Ce serait une nouvelle catastrophe.

Il expliqua à Antoine et à Clotilde que depuis bientôt un siècle la Chine avait subi une série de tragédies, et qu'elles étaient toutes arrivées de l'étranger.

— Je passerai sur les invasions mongoles, puis celle des Mandchous, pour commencer par les impérialistes britanniques qui nous ont fait deux fois la guerre pour nous imposer leur sale opium, avec d'ailleurs vos troupes en renfort. Ils ont mis à sac et brûlé notre Palais d'Été... La Chine a été humiliée, affaiblie, et cela a préparé la guerre civile et l'horrible invasion japonaise, et à nouveau la guerre civile avec nos ennemis soutenus par l'étranger. Et maintenant comprenez que nous aimerions un peu de paix.

Antoine se dit que cette vision de la Chine était assez juste, et encore plus si on admettait que le communisme était une autre tragédie venue de l'étranger, mais il garda pour lui cette réflexion.

— ... Alors imaginez l'effet de ce thé sur notre société, dit le petit homme. Si les gens se mettent à adorer à nouveau leurs divinités, l'Empereur du Ciel, Bouddha, sans compter nos chrétiens, comment accepteront-ils plus longtemps l'autorité du Parti ?

— Vous avez persécuté des moines et des prêtres ! s'exclama Clotilde d'un ton accusateur.

Antoine aurait préféré qu'elle se calme, mais le petit homme leva la main comme pour dire qu'il comprenait.

— Nous avons commis des erreurs, nous n'avons pas à en être fiers, dit-il. Mais vous n'imaginez pas ce que c'est de vivre dans la guerre et la violence depuis plus d'un siècle. Cela fabrique des gens différents. Vous ne pouvez pas vous rendre compte...

Antoine ne dit rien, mais il savait que c'était vrai. Depuis leur plus tendre enfance, Clotilde et lui n'avaient connu que la paix, ce bonheur inconscient où l'on se réveille chaque matin en sachant que son monde n'aura pas changé dans la nuit, et non pas pour découvrir son quartier rasé, ses voisins fusillés, ou ses enfants en train de mourir de faim.

— Il faut une seule autorité pour rebâtir ce pays, dit le petit homme. Autrement nous retomberons dans la guerre. Ce n'est pas le moment d'un retour au religieux. Plus tard, peut-être... Je ne suis pas contre le fait que les gens retrouvent leurs pratiques, mais sous la houlette du Parti. Vous comprenez pourquoi ce thé est une menace pour nous ?

— Mais les moines justement ne souhaitent pas sa diffusion.

— Dieu vous entende, dit le petit homme avec le sourire d'un curé qui fait une plaisanterie un peu osée.

Les Chinois le long des murs gardaient une immobilité et un silence parfaits, ce qui leur était d'autant plus facile qu'ils ne comprenaient rien à la conversation.

Le petit homme expliqua que dans sa jeunesse, il avait eu la chance de venir en France étudier le français, juste avant la Révolution culturelle.

— Et comment ça se passe chez vous maintenant ? demanda-t-il. Les gens vont-ils toujours à la messe, comme de mon temps ?

Antoine dit que non, beaucoup moins de gens allaient à la messe maintenant.

— Tu exagères, dit Clotilde.

— Non, c'est vrai, et chaque année un peu moins.

— On me dit aussi que de moins en moins de gens adhèrent au Parti.

— Oui, c'est vrai aussi. Le Parti communiste est devenu un tout petit parti.

— Et à votre avis pourquoi cette chute dans la fréquentation des églises et du Parti ?

— La prospérité, dit Antoine.

— La prospérité ?

Antoine donna son point de vue, auquel il avait déjà réfléchi, bien avant ce voyage. Quand les gens avaient des vies dures et incertaines, menacées sans cesse par la pauvreté et la maladie, ils trouvaient refuge dans la religion et la croyance en un Dieu qui les aimait et pouvait les aider.

Avec la prospérité qui rendait la nourriture, les soins médicaux et un logement accessibles à tous, les gens avaient des vies plus sûres, plus agréables, et cela les distrayait d'espérer un salut dans l'autre monde, ou même de désirer la Révolution, cette forme d'apocalypse dont beaucoup de malheureux et d'opprimés de par le monde avaient rêvé.

— ... Notre Révolution à nous, continuait Antoine, même en massacrant beaucoup de prêtres et de religieuses, n'a pas tellement affaibli la religion catholique en plus d'un siècle. Mais la prospérité économique l'a fait en quelques décennies.

— La prospérité..., dit le petit homme d'un air rêveur. Maintenant les Chinois partent en vacances...

Il fit un geste, et un de ses hommes lui apporta un porte-documents. Il en sortit une enveloppe, d'où il tira une photo qu'il montra à Antoine.

— Vous reconnaissez cette photo ?

C'était la photo prise pendant la Révolution culturelle que le Dr Chin avait laissée sur le mur de sa chambre.

— Oui, c'est bien celle-là, dit Antoine.

— Et vous reconnaissez quelqu'un sur cette photo ?

— Le Dr Chin, dit Antoine en le désignant.

— Oui, mais derrière lui…

Antoine regarda la rangée de jeunes gens qui hurlaient derrière les hommes agenouillés. Il remarqua l'un d'eux, qui semblait moins assuré que se camarades. À regarder son visage de plus près, il avait l'air mal à l'aise.

— C'est moi, dit le petit homme.

Il laissa passer un silence, puis :

— Le Dr Chin a été mon professeur. Il me donnait des leçons de français.

Il désigna la photo :

— Nous étions jeunes et ignorants, et manipulés, bien sûr… Donc si vous voyez à nouveau le Dr Chin, transmettez-lui mes respectueuses salutations, ou plutôt, comment dit-on ?… mon bon souvenir ? Même si celui de notre dernière rencontre est très mauvais, pour moi aussi. Et surtout, dites-lui de faire attention avec son thé.

L'attachement est la cause de la souffrance, dit le Bouddha.

Depuis son retour, Antoine comprenait chaque jour un peu mieux ce message.

Au retour, Clotilde lui avait expliqué qu'elle avait connu un grand bonheur avec lui, là-bas dans leur chambre d'hôtel au bord du *klong*, et quelques fois encore dans sa petite chambre à leur retour, mais que ce bonheur n'était pas celui qu'elle souhaitait, et qu'il ne fallait donc pas le renouveler.

— Laisse-nous un peu de temps, avait dit Antoine.

Il espérait que leurs extases partagées, bien que charnelles, convaincraient l'Ange que sa vocation c'était lui, Antoine. Car de son côté il se sentait définitivement amoureux et certain désormais que Clotilde était la femme de sa vie. Il ne lui servirait à rien d'accumuler de nouvelles rencontres et de nouvelles aventures, son projet pourtant avant de la rencontre. Se marier avec l'Ange était son destin.

Mais Clotilde avait sans doute senti qu'elle aussi risquait de se sentir attirée par ce chemin s'ils continuaient de le parcourir ensemble, et comme ce n'était pas son idéal, elle avait voulu reprendre ses distances.

— Mais finalement, dit Antoine, tu as quand même rompu tes vœux de chasteté. Ta vocation est-elle sincère ? `

C'était une dernière tentative de la faire douter.

— D'abord je n'avais pas encore prononcé mes vœux définitifs. Et puis j'en ai parlé à la sœur qui s'occupe de moi.

— Et alors, comment l'a-t-elle pris ?

Clotilde sourit.

— Elle m'a dit « tomber n'est pas mourir ».

— Pas mal trouvé.

— En fait elle m'a dit qu'au stade où j'en étais, cela n'a pas une si grande importance, et que ma vocation lui paraîtra plus solide, puisque je sais à quoi je renonce. Tu sais aujourd'hui, beaucoup de prêtres et de religieuses ont commencé par avoir la même vie que les gens de leur âge avant de vivre leur vocation.

— Non, je ne savais pas.

— Les temps changent, tu sais, même pour l'Église.

Et Antoine dut désormais se contenter de regarder Clotilde sans la toucher, un supplice, trouvait-il.

Cela dura quelques semaines, et puis l'Ange partit pour l'Afrique pour faire de la pédiatrie dans un hôpital tenu par des religieuses,

Un mois plus tard, Antoine reçut un long message d'elle.

Clotilde lui expliquait qu'elle était certaine d'avoir trouvé sa voie.

« Chaque instant est merveilleux C'est une autre vie. Je te souhaite un jour de connaître un tel bonheur. »

Elle décrivait ses journées, avec les prières avec les religieuses, les repas en commun, et les soins aux enfants, et puis elle ajoutait une phrase qui le fit frémir : « Ici, je sens la présence de mon frère auprès de moi. »

Mais elle se souciait de lui, Antoine :

« Ne t'inquiète pas, lui écrivait-elle, ne te questionne pas trop. Tu sais la foi ne se décide pas, elle vient quand le Seigneur décide de se révéler à vous. Donc ne te tourmente pas. » C'était gentil, mais il ne se tourmentait pas tellement à propos de sa foi, plutôt de n'avoir pu retenir l'Ange auprès de lui.

Antoine aurait pu tenter de retrouver Tara, même s'il était certain qu'elle n'aurait pas suffi à calmer le manque que le départ de Clotilde avait créé en lui.

Mais c'était impossible, car Tara était partie prononcer ses vœux de nonne à Taiwan, et ne lui envoya même pas une carte postale.

Mais une nuit il fit un rêve d'elle, un rêve très intense où elle lui apparut le crâne rasé, souriante, et lui tint longuement la main.

Il se dit que ce devait être sa carte postale.

Parfois il se disait qu'il aurait pu aussi espérer retrouver quelques moments de bonheur avec Noémie. Mais il reçut une lettre d'elle.

Noémie avait suivi Karsten en Norvège où il reprit sa thèse de physique nucléaire à propos de particules au nom mystérieux, pendant que Noémie se trouvait enceinte de leur premier bébé.

Sa lettre était signée d'un petit cœur souriant, au-dessous duquel elle avait juste écrit « Merci ».

Antoine continuait à apprendre la psychiatrie, il avait prolongé d'un nouveau semestre son séjour dans le service du Patron. Il assistait tous les matins aux discussions entre Armand et Raphaël, que le Patron modérait.

Mais Armand s'était adouci. Il ne semblait pas tenir rigueur à Antoine de l'échec de sa recherche de la molécule de la foi religieuse. Peut-être se souvenait-il qu'Antoine avait voté en sa faveur, lorsqu'il avait fallu décider s'il pourrait boire le thé du Dr Chin. Peut-être aussi être sorti de sa bulle hospitalière pour se confronter à d'autres réalités l'avait-il rendu plus modeste ? En tout cas il contredisait désormais Raphaël avec une bonhomie nouvelle, qui déconcertait son opposant. Car Raphaël était plus à l'aise dans la position du rebelle face un adversaire autoritaire, qu'Armand n'était plus. Le Patron semblait apprécier ce changement chez Armand, et Antoine pensa qu'il l'envisageait plus favorablement comme son successeur.

Mais Raphaël aussi avait changé. Il semblait plus calme, moins convaincu d'incarner le Bien, et Antoine remarqua avec surprise qu'il n'essayait plus de draguer les nouvelles internes. Un jour il lui dit :

— Raphaël, je te trouve changé.

Raphaël le regarda, se demandant si Antoine voulait faire de l'ironie, mais il vit que sa remarque était sincère.

— Je vais me marier, dit-il.

Antoine fut presque aussi surpris que lorsque Clotilde lui avait révélé sa vocation religieuse.

— Te marier, mais... avec qui ?

Qui était celle qui avait réussi à briser la carrière de don juan de Raphaël ?

— Elle est chinoise, dit Raphaël.

Et Antoine se souvint des deux jeunes Chinoises intimidées près du bol de punch, lors de la soirée dans le jardin. Elles avaient l'air bien inoffensif.

— L'épouser, c'est le seul moyen de pouvoir la faire rester ici.

— Elle ne veut pas retourner en Chine ?

— Non, et moi non plus je ne veux pas qu'elle y retourne.

Antoine ne dit rien, attendant d'autres explications.

— Elle est enceinte, dit Raphaël. Ça, et même le simple fait d'être sortie avec moi, lui ferait risquer des ennuis à son retour. Elle pourrait même se faire virer de l'université.

Antoine trouva Raphaël enfin sympathique : il ne semblait plus mobilisé par l'idéologie ou la drague, mais par l'amour et le désir de protéger quelqu'un en particulier

Il le félicita, et Raphaël lui dit qu'il l'inviterait au mariage.

Antoine s'en fut, en se disant que Raphaël avait la chance d'être réuni avec celle qu'il aimait.

De temps en temps, Antoine allait dîner avec le Dr Chin dans le quartier chinois. Car après quelques semaines de vie monacale en pleine montagne, le vieux monsieur avait fini par éprouver l'envie de retrouver ce qui était maintenant son pays, avec ses conversations avec le Patron, ses consultations et ses cours de Qi Gong.

Le soir, Antoine venait souvent partager quelques bières avec lui, et le Dr Chin lui racontait l'histoire de la Chine et du nestorianisme, et parfois lui donnait des comparaisons éclairantes entre bouddhisme, christianisme et taoïsme. Mais Antoine avait arrêté de prendre des notes, et les souvenirs de ces conversations s'estompaient. Chaque jour il décidait qu'il allait reprendre son carnet, mais en vain.

Car depuis que Clotilde s'en était allée, Antoine n'arrivait plus à rien faire qui ne soit pas absolument obligatoire. Il laissait la vaisselle s'accumuler dans son évier, faisait traîner toute formalité administrative, mettait des jours à répondre à son courrier, et n'arrivait plus à prendre des notes. Il gardait la volonté qui lui restait pour son travail à l'hôpital.

Parfois dans la rue, il tombait en arrêt devant les vitrines d'agences de voyages où s'affichaient de belles photos de l'Afrique. Il avait retrouvé à son retour *L'Antivoyage* et les pages de Muriel Cerf sur Katmandou lui faisaient monter les larmes aux yeux et pousser des cris de joie en même temps.

À l'approche de Noël, Norbert, qui allait nettement mieux avec un nouveau traitement qu'Antoine avait mis quelque temps à ajuster, lui demanda à nouveau s'il avait la foi.

Norbert avait dû se souvenir que sa première réponse : « j'ai été baptisé » était un peu évasive.

En fait, depuis son retour Antoine repensait souvent à ces trois rêves sous l'effet du thé, surtout au dernier « Tu reviendras peut-être… » sans doute parce que celui-là était plus proche de sa religion d'origine.

« Rêves ou visions ? » se demandait-il encore parfois, changeant d'avis selon les jours et le temps qu'il faisait.

Mais en fait, il était assez déçu de se sentir revenu presque au même point qu'avant son départ.

D'un côté, il n'arrivait pas à croire en la merveilleuse harmonie du Cosmos, une vision panthéiste du monde à laquelle Tara, et peut-être Noémie et Karsten semblaient être parvenus. Même s'il avait pu avoir un instant l'intuition de cette unité divine au milieu des montagnes, juste avant l'avalanche.

Mais pareil à Noémie et Karsten qui perdaient leur sérénité dès qu'ils sortaient de la quiétude de leur *ashram* pour retrouver la misère de la rue, Antoine avait été ensuite trop souvent rattrapé par la vision des horreurs du monde pour se sentir en accord avec la vision d'un grand Tout harmonieux et nécessaire.

Mais il avait aussi du mal à croire en un Dieu d'amour qui se souciait de lui, Antoine, même s'il était toujours ému aux larmes quand il lisait certaines pages des Évangiles, et s'il se sentait parfois prêt à accepter le mystère du mal qui frappe les innocents, aidé en cela de quelques théodicées.

Antoine réfléchit, puis répondit à Norbert :

— Je ne sais toujours pas si je suis croyant…

— Ah ! dit Norbert d'un air intéressé.

— … Mais quand je vois certaines personnes remarquables qui ont la foi… – et Antoine pensait à Clotilde, à Tara, à d'autres croyantes ou croyants qu'il avait rencontrés au cours de sa vie –… cela me ferait douter.

— Vous voulez dire, cela vous ferait croire !

— Ah oui, pardon, cela me ferait croire !

— Que le Seigneur vous bénisse ! dit Norbert avec un sourire joyeux.

Antoine savait désormais que la médecine était vraiment sa voie, il avait trouvé un sens à sa vie, au moins à ce stade : même s'il n'était pas sûr comme certains que toutes les souffrances seraient compensées ou oubliées, il aimait pouvoir en soulager quelques-unes dès maintenant, et voir certains de ses patients, comme Norbert ce jour-là, retrouver le sourire.

Remerciements

Ce roman m'est venu tout au long de rencontres avec des personnes qui, parfois sans le savoir, l'ont aidé à se développer.

Parmi ceux qui le savent, merci à mes amis et premiers lecteurs qui m'ont fait part de leurs réflexions : Lucy Macintosh, Aude Debarle, Jean-Charles Belliol, Éric Francoz. Avec eux, une mention spéciale pour Trung Hieu Do qui connaît mieux que moi ma religion de naissance, et pour Bruno Philip, grand connaisseur du Népal. Et pour mon père, Gilbert Lelord dont la conversation m'a toujours été un éclairage et un soutien.

Merci aussi à Isabelle Laffont pour avoir aimé cette aventure et pour ses remarques inspirantes, ainsi qu'à Anne-Sophie Stéfanini dont l'attention sans défaut et le sens de l'histoire ont aidé mon héros à rester sur le bon chemin.

CET OUVRAGE A ÉTÉ COMPOSÉ
PAR PCA
POUR LE COMPTE DES ÉDITIONS J.-C. LATTÈS
17, RUE JACOB – 75006 PARIS
ET ACHEVÉ D'IMPRIMER EN FRANCE
PAR CPI BUSSIÈRE
À SAINT-AMAND-MONTROND (CHER)
EN NOVEMBRE 2016

PAPIER À BASE DE FIBRES CERTIFIÉES

JC Lattès s'engage pour l'environnement en réduisant l'empreinte carbone de ses livres. Celle de cet exemplaire est de : 935 g éq. CO_2
Rendez-vous sur www.jclattes-durable.fr

N° d'édition : 01 – N° d'impression : 2025954
Dépôt légal : octobre 2016